# MATRIARCHIE

Sous la direction de Sophie Rongiéras.

Du même auteur :
*Guide de survie sexuelle de l'étudiant/e*, Tabou, 2017
*Guide de survie sexuelle de la business girl*, Tabou, 2018
*Guide de survie sexuelle de la vacancière*, Tabou, 2018
*Osez draguer un mec*, La Musardine, 2018
*Guide de survie sexuelle des timides*, Tabou, 2019
*L'Écriture érotique*, La Musardine, 2020


Conception de la couverture : Marie Savage Slit.
ISBN : 978-2-36490-561-0
La Musardine
122 rue du Chemin-Vert – 75011 Paris
www.lamusardine.com

FLORE CHERRY

# MATRIARCHIE

LA
MUSARDINE

*« Les femmes n'ont pas besoin d'égalité,*
*elles ont besoin d'indépendance. »*
Gabrielle Chanel

# ATTESTATION SUR L'HONNEUR

## À RECOPIER DE FAÇON MANUSCRITE ET À ENVOYER AUX SERVICES GÉNÉRAUX

Je soussigné ................., né le............... à...............,
reconnaît par la présente avoir reçu une copie du code des cessions de droits et devoirs du matrior (le « Code »), en avoir pris connaissance et m'engage à m'y conformer.

Je reconnais que le Code dispose, entre autres, de la cession de l'ensemble de mes droits civiques (dont le droit de vote et d'éligibilité) ainsi que de l'ensemble de mes droits sociaux et économiques (dont la gestion des actes d'administration, des prises de décisions familiales, et des décisions relatives à la résidence principale) qui se trouveront alors régentés par l'administration française.

Cette cession s'opère notamment en contrepartie d'un accès aux Maisons des Plaisirs (les « Maisons ») dont je reconnais avec reçu une copie des adresses et horaires d'ouverture, et dont je peux jouir tant que je respecte le Code. Je peux rompre le présent contrat à tout moment, de ma seule volonté et sans préavis, par notification écrite aux services généraux de l'administration française.

Je déclare être majeur et donner un consentement éclairé au moment de la présente signature.

# DIANE MAUREPAS

## CHAPITRE 1

*Vous avez envie de sexe, maintenant ?*
*On vous comprend.*
*C'est difficile ?*
*Parfois, ça l'est.*
*Si vous y pensez, souvent...*
*Si cela vous rend triste, du matin au soir...*
*Si vous vous sentez déprimé, tendu, à bout...*
*Alors, nous avons la solution.*

*Devenez matrior et tous vos fantasmes seront permis à la Maison des Plaisirs.*
*La procédure est ABSOLUMENT gratuite et bouleversera totalement votre vie. Venez travailler au service de l'État français, soyez entièrement pris en charge, et remettez du sens dans votre vie !*
*Nous échangeons vos droits civiques en contrepartie du droit à une vie sexuelle épanouie !*

*Qu'attendez-vous ?*
*Inscrivez-vous !*
*Rendez-vous à la Maison des Plaisirs, rue de Rivoli, Paris 1er, pour plus d'informations.*

J'ai rougi de honte en reconnaissant les mots que j'avais moi-même rédigés. Quelqu'un avait dû oublier d'actualiser cet affichage urbain laissé en décrépitude, fixé sur le toit d'un immeuble aux abords du périphérique. Notre tout premier appel aux matriors suintait encore de mon manque d'expérience en communication. C'est bien simple, tout était à côté de la plaque : le jaune pisseux du fond, le rouge vif de la police, la typographie ridicule, le mot « droit » souligné. C'était consternant. Quel déshonneur pour ma grand-mère qui avait été une championne de communication en son temps. Elle, elle aurait su trouver les bons mots, le trait d'humour, la légèreté et le glamour. Heureusement, aujourd'hui, j'avais toute une équipe qui m'encadrait pour éponger mon mauvais goût. Je me suis noté mentalement d'en parler à Éléonore, avant que le panneau ne disparaisse de mon champ de vision, et que la voiture ne s'engouffre sous un tunnel.

*Ting*. La sonnerie du message m'a soudain sortie de mon autoflagellation psychologique. J'ai machinalement touché, du bout des doigts, mon *smartleaf* qui glissait contre le cuir de la berline, sans rassembler l'énergie nécessaire pour le déverrouiller et répondre à mes devoirs. J'ai croisé le regard de Marcel à travers le rétroviseur, qui veillait sur moi. J'étais réconfortée de le savoir à mes côtés.

Je revenais d'une *orgie* grandiose. Madame la présidente, Éléonore, ne lésine jamais sur les moyens quand elle reçoit chez elle, mais ce soir, tout le monde avait été unanime : elle s'était surpassée. Tous les yeux avaient été émerveillés par l'arrivée de DJ Baby B., les feux d'artifice holographiques au-dessus de sa piscine intérieure, les danses de matriors.

Quant aux langues, toutes avaient été séduites par la farandole de desserts aux notes exotiques.

Je savais qu'à mon égard, Éléonore n'avait pas besoin de tout cet artifice pour me savoir auprès d'elle. Dans sa cour, j'étais une des rares à avoir intégré le parti, non pas par ambition, mais à cause de mon histoire personnelle, parce que j'étais Diane Maurepas, et que mon nom était connu dans toute la France. Je n'avais que peu d'appétence pour la politique, mon héritage en avait décidé autrement. Ma grand-mère avait changé le destin du pays.

J'ai ouvert le col de ma robe pour m'aérer, je transpirais à grosses gouttes et je sentais l'odeur musquée d'une longue journée de labeur s'échapper par mon cou. Nous venions de passer devant l'Opéra et la place, vide à cette heure tardive, dispersait ce qui restait de mon attention. Prévenant, Marcel m'a indiqué où je pouvais trouver des lingettes rafraîchissantes dans son véhicule. Pour qu'il me le propose, mon maquillage devait certainement baver sous mes yeux, peut-être sur mes joues, et je décidai, par prudence, de nettoyer tout mon visage poisseux. En observant le mascara noir près de mes tempes, j'espérais que ces marques étaient apparues tard dans la soirée. J'avais essayé de faire bonne impression à cet inconnu, Edmond. D'ordinaire, je ne remarque pas les hommes libres, mais lui était particulièrement élégant et les discours qu'il m'avait tenus étaient d'une intelligence redoutable.

Les hommes libres sont rarement du côté de Matriarchie, il avait donc fait l'objet de curiosité, de méfiance également, toute la soirée. Il devait arriver sur sa trentaine, avait le poil taillé, les mains propres, un maintien droit, et reconnaissait avec une forme d'admiration, après avoir écouté les lancées brillantes de la présidente Éléonore à son assemblée, qu'il avait été plus que nécessaire d'endiguer la violence, et que le parti avait réussi, bien au-delà même des objectifs qu'il s'était fixés. La plupart des hommes libres ont tendance à minimiser cette réussite. Pas lui. Mais il doutait, raisonnablement : il se demandait si le système n'était pas perfectible, si l'égalité entre hommes et femmes n'était pas possible, après tout.

Évidemment, il avait eu droit à une levée de boucliers, et s'était fait rembarrer par la secrétaire d'Éléonore elle-même, qui maîtrisait sur le bout des doigts les principaux arguments de défense du parti : « L'égalité ? Mais vous l'avez ! Aucun texte de loi ne différencie le féminin du masculin. Les femmes peuvent elles aussi devenir matriors, si elles le souhaitent, tout comme les hommes ont leur place dans les Maisons des Plaisirs. C'est une question de volonté et de choix, une question de liberté individuelle. »

Il n'avait pas plus d'argument, et pourtant, j'ai vu à son sourcil, haussé durant quelques longues secondes, qu'il n'arrivait pas à être pleinement convaincu. Qu'il se sentait toujours mal à l'aise, qu'il vivait de façon étrange sa représentation minoritaire à ce dîner, et qu'il comprenait bien que quelque chose clochait.

Alors, pour le distraire, je lui ai posé des questions sur son parcours, ses réflexions, les raisons de sa présence, ici, auprès de nous. Ravi d'être à l'aise dans ce sujet de discussion, j'étais devenue le centre de son attention l'espace de quelques heures. Je le regardais dérouler avec ferveur les arguments de la thèse qu'il avait bouclée cinq ans plus tôt sur la place des hommes dans la société, sur ses enquêtes minutieuses, sa rencontre avec la secrétaire du parti, son job de journaliste, son appartement, à quelques arrondissements du mien. « C'est un studio assez modeste, avec des poutres apparentes su-bli-mi-ssimes. » J'ai souri en l'imaginant travailler durement dans sa tanière. Je lui ai dit que je me tenais à son entière disposition s'il avait des questions, que j'étais l'interlocutrice désignée pour parler du parti dans les médias.

La berline arrivait devant mon immeuble et, un court instant, je me suis dit que j'aurais pu rejoindre cet intrigant inconnu. Il devait être à moins de quinze minutes de chez moi, j'aurais pu passer le reste de ma nuit dans son studio, à poursuivre nos discussions, à nous découvrir, jusqu'à contempler ensemble le lever du soleil. Marcel serait resté auprès de ma fille et l'aurait emmenée à l'école au petit matin. Mais je ne lui avais pas donné mon numéro. Et pourtant, j'espérais tout de même sans vraiment me l'avouer que c'était lui qui avait agité mon *smartleaf* un peu plus tôt. Que la secrétaire lui avait communiqué mes coordonnées spontanément, ou mieux, qu'il les lui avait demandées. J'ai affiché mon écran dans la paume de ma main, avec un empressement absurde : « Diane, j'ai été ravie de t'avoir auprès de moi à cette soirée. Nous devons passer rapidement à l'étape supérieure et déstabiliser le parti familial, ils gagnent des points dans les sondages. Rapproche-toi de Fernand dès que possible. Bonne nuit. Éléonore. » Je me suis immédiatement détestée de m'inventer des espoirs de midinette.

Marcel m'a souhaité une bonne nuit, après m'avoir transmis les informations sur la garde de ma fille. Tout s'était bien passé, il lui avait préparé à dîner, un plat avec quelques excédents de lipides, mais le bilan calorique d'Alice le lui permettait amplement. Elle s'était couchée à une heure raisonnable, il était venu me chercher sans détourner son attention de la caméra de surveillance. Professionnel, il m'a jeté un regard interrogateur, à l'affût d'un dernier ordre. J'ai essayé de masquer mes yeux qui brillaient et mon équilibre précaire en le congédiant poliment. Il a tourné les talons et la voiture a disparu au coin de la rue.

J'ai composé mon code, appelé l'ascenseur, avancé dans le couloir en titubant. En poussant ma lourde porte blindée, j'ai découvert l'appartement propre, rangé, le marbre était brillant, le plan de travail débarrassé. J'ai jeté un œil dans la chambre d'Alice. Elle dormait comme un ange, avec ce sourire timide sur sa bouche qui m'a désarmée tant de fois. Je me suis endormie, assommée à mon tour, sans prendre le temps de retirer ma robe de soirée.

# MATRIOR MARCEL

## CHAPITRE 2

Je bandais comme un fou.

Je n'avais pas perdu une miette du spectacle qu'elle m'avait offert dans le rétroviseur. Ses menus genoux découverts sous sa robe de satin, ses boucles anarchiques collées à son cou, sa bouche entrouverte qui trahissait une respiration difficile… Du plus loin que je m'en souvienne, je ne me rappelais pas avoir vu Diane dans un tel état d'abandon et d'égarement.

J'avais passé une soirée charmante avec sa fille, Alice, qui n'avait eu de cesse de se vanter des espiègleries qu'elle faisait déjà subir aux garçons de son âge en mordant à pleine bouche dans les burgers maison que j'avais cuisinés, mais le clou du spectacle, c'était Diane qui bavait sur le cuir de mon siège arrière.

Je me suis garé devant la caserne, les phares projetaient de drôles d'ombres sur les statues de marbre devant le porche. Les bustes de femmes grecques semblaient alors s'animer dans une danse lascive et silencieuse, au rythme du crépitement de mes lourdes roues sur le gravier. Personne dehors. J'ai coupé le moteur et ouvert la porte arrière, je voulais respirer ce qu'il restait de la transpiration de Diane sur le cuir du siège. Ses cuisses moites, peut-être un peu de cyprine, peut-être des restes de parfum. J'ai laissé en l'état, en me disant que je nettoierais demain et suis allé me coucher.

Avec les heures sup que j'avais faites ce soir, Diane m'avait donné quatre heures de repos, et j'avais prévu de les passer intégralement à la Maison des Plaisirs.

J'ai arpenté les longs couloirs éclairés par des néons tamisés qui menaient jusqu'à mon studio, je me suis emmitouflé dans mon lit, avec le sourire idiot de celui qui sait que le lendemain sera léger. J'ai hésité à me masturber, j'étais fatigué et je retrouvais bientôt Athéna, ma deuxième muse. Je voulais conserver un peu de cette excitation intacte pour elle.

Le réveil était superbe, j'ai tiré les rideaux de ma chambre à sept heures du matin, ai avalé en vitesse mon café serré sans sucre à la cantine de la caserne dans le brouhaha joyeux des matriors qui, comme moi, se levaient tôt. J'ai poliment salué quelques collègues, dont Johan, un trentenaire au crâne attaqué par le dessèchement capillaire, préposé comme moi aux services à domicile. Il ne cessait de tarir d'éloges sur sa nouvelle maîtresse, une brillante avocate en bioéthique dont l'intelligence rivalisait avec des proportions « de rêve » selon lui, accompagnant ses paroles par un drôle de huit de ses mains. Pour sûr, nous partagions la même passion des femmes de caractère aux formes enchanteresses. Je suis remonté dans mon studio, à la recherche d'une chemise blanche propre, ainsi que de mon costume rayé de la veille, et j'ai pris ma berline direction l'appartement de Diane. À force de répéter le même chemin tous les matins, et tous les soirs, mes gestes étaient devenus ceux d'un automate, et les rêveries douces m'absorbaient sur tout le trajet malgré la cohue du trafic matinal, les klaxons à chaque coin de rue et les apparitions brusques de passants sauvages. Les voitures n'étaient pas les bienvenues à Paris depuis des politiques de plus en plus strictes pour protéger l'écologie et prévenir les dangers liés à la pollution, et rien n'était organisé pour faciliter le travail des chauffeurs. Mais j'ai réussi à me garer devant l'appartement de Diane, dans la petite rue à sens unique dans laquelle je l'avais déposée la veille, sans encombre. Comme tous les matins, j'ai gentiment sermonné Alice pour qu'elle prépare ses affaires rapidement avant de l'emmener à l'école.

« Où est passé ton cahier de mathématiques ? »

Diane dormait encore et la chipie essayait de chuchoter sans pour autant parvenir à retenir ses petits bruits d'exaspération en cherchant ses devoirs. J'en ai profité pour préparer un smoothie à base d'épinards, de kiwi et de gingembre. Un peu de sucre, du citron, une pointe de cannelle, beaucoup de glaçons, et le tout au frigo. Le cocktail idéal pour se remettre rapidement d'aplomb après une gueule de bois : Diane adorerait cette petite marque d'attention.

Après avoir déposé une Alice boudeuse devant l'établissement scolaire grouillant de parents, de matriors et de bambins empressés, j'ai filé tout droit vers le centre de Paris : à la Maison des Plaisirs du 1er arrondissement.

L'entrée majestueuse et imposante de l'ancienne Samaritaine toute de vert bouteille et d'or, réaménagée en joli lieu de divertissement pour matriors, me happait littéralement. J'avais toujours cette impression, au moment de m'y engouffrer, d'être un invité de marque, voire même un imposteur, qui pourrait être à n'importe quel moment démasqué de n'être pas assez important, ou précieux, pour se retrouver ici. Je ne sais pas ce qu'un homme libre pouvait penser en circulant devant le bâtiment sans avoir le droit d'y pénétrer. Comment être si hermétique aux chants des sirènes ? Comme chaque fois, j'ai salué poliment la sécurité, et j'ai passé le portique avec mon badge : un indicateur lumineux précisait que j'avais le droit à quatre heures de présence au sein de ces murs, Diane avait bien rempli mes grilles de notation. Un monde parallèle s'offrait alors à moi, les femmes maquillées, apprêtées, parfumées nous attendaient, le sourire impatient, aux antipodes du comportement froid et autoritaire qu'elles pouvaient arborer à l'extérieur de cette prison dorée. La maison était superbe avec son escalier central qui menait aux étages et aux innombrables chambres dans lesquelles tout, ou presque, était permis. Un lustre de perles roses et bleues, qui devait bien peser près d'une tonne, regardait depuis des années les matriors se presser dans les couloirs, poursuivre les courtisanes – ou les courtisans – ou simplement se prélasser, un verre à la main, et dans l'autre, une queue de billard.

Une jeune blonde diaphane, qui devait tout juste avoir vingt ans, s'est plantée devant moi, l'air amusé.

« À ce qu'il paraît, tu aimes la lingerie, Marcel… tu sais que j'ai une collection de culottes dans ma chambre ? »

À son ton direct, maladroit, et son regard tenu, j'ai su que c'était une nouvelle recrue. Les anciennes sont moins agressives dans l'approche, elles ont fait leurs heures, n'ont pas besoin de batailler pour leur place, et prennent le temps de jouer avec les clients : elles savent qu'elles ont à y gagner sur le long terme. Elle avait plus besoin de moi que je n'avais envie d'elle. Elle se balançait d'un pied sur l'autre, attentive à ma réaction, en tirant sur son crop top bleu clair moulant pour qu'il lui descende sous le nombril. Typique des jeunes courtisanes qui n'assument pas encore totalement les formes que prend leur corps si jeune. Alice aurait pu se retrouver à sa place, si elle avait eu huit années de plus. Peut-être qu'elle le sera, un jour. Et peut-être même que Diane en serait fière : c'est grâce aux courtisanes que les matriors existent. Sans elles, toute la société pourrait s'effondrer.

« Non, mais merci de la proposition ! Dis à Athéna que je l'attends au bar. Et ne t'inquiète pas, n'importe quel matrior voudra de tes culottes. »

J'ai traversé le hall, pris la porte à droite des escaliers, et ai retrouvé Paul, le barman, fidèle derrière son comptoir en bois de cerisier.

« Tu as vu la dernière petite, Marcel ? Un cul à tomber ! Athéna fait un boulot d'enfer en recrutement… »

J'ai souri à ce vieil ami en m'asseyant d'une fesse sur le tabouret haut. Paul en dit toujours beaucoup pour défendre la maison, prêt à survendre les filles. Ou peut-être qu'il pensait vraiment ce qu'il disait, je ne l'ai jamais su.

Il m'a tendu mon verre de whisky en faisant s'entrechoquer les glaçons et j'en ai immédiatement pris une gorgée. L'agréable brûlure du liquide est venue caresser mon œsophage et se dissiper dans les limbes de mon estomac. J'observais la faune ambiante ; l'activité de fin de matinée était joyeuse et douce, bien plus calme que celle du soir : quelques parties de billard étaient lancées, d'autres jouaient à des jeux de guerre en ligne, une femme ou deux à leurs côtés, qui s'extasiaient parfois sur leurs victoires, en rigolant entre elles, et avec eux.

Athéna, la divine, a alors fait son apparition. Sa grande cape de velours tombait jusqu'à ses mollets, son carré mi-long, noir, à la Louise Brooks, soulignait avec précision son visage aux traits délicats.

« Marcel, je n'attendais plus que toi… » s'est-elle écriée en me voyant, assez fort pour que les autres matriors entendent, dont Paul, qui m'a lancé un clin d'œil appuyé.

J'étais son chouchou, c'était de notoriété publique.

Ses lèvres sont venues s'offrir aux miennes, et j'ai souri. Une femme intelligente qui vous embrasse, avec toute la spontanéité d'une habitude et la fraîcheur d'une retrouvaille, que rêver de mieux ?

« Vous avez vu Apolline ? m'a-t-elle lancé, l'œil curieux.

– La petite blondinette ? À peine ! Elle ne vous arrive pas à la cheville, Madame. »

J'aimais ce jeu, celui de flatter avec précision les femmes qui, plus qu'aucun cadeau futile, sont profondément touchées par les compliments sincères des hommes qu'elles estiment.

Athéna a levé les yeux au ciel, faussement insensible à mes belles paroles, et m'a pris par la main pour me guider jusqu'à la chambre 203, celle où nous avions nos habitudes. Je sentais ses doigts fins entrelacer les miens, et la pulpe de son pouce s'immiscer dans ma paume, par réflexe et par envie.

Je commençais à ressentir un désir latent me saisir le bas-ventre. Je repensais à la Diane de la veille, à sa façon de baver sur le cuir, à ses yeux hagards, à ses cuisses, ses genoux fins, à la douceur du satin contre sa peau… Une érection déformait maintenant légèrement mon pantalon de toile, et je m'imaginais secrètement que peut-être certaines courtisanes s'en seraient rendu compte, en passant dans les couloirs, et que la vue de mon entrejambe marquerait leur journée. Nous en avons croisé trois, toutes plus jolies les unes que les autres, et un courtisan, jeune, aux cheveux rasés, qui m'a souri en me frôlant. Je n'ai rien contre le regard des jeunes hommes non plus.

Je suis entré dans la chambre, une pièce de trente mètres carrés environ, dans laquelle trônait, au-dessus du lit king size recouvert de draps pourpres, un immense miroir de plafond. Une coquetterie qui plaisait à tous ceux qui appréciaient d'observer leur reflet pendant leurs prouesses sexuelles. Cela faisait son petit effet, en Andromaque. Dans un coin de la pièce, près de la salle de bain, un coffre en bois aux angles émoussés par le temps contenait des trésors infinis dédiés au plaisir masculin et féminin : godes, plugs, tapettes, fouets, pinces… Il y en avait pour tous les goûts, pour toutes les âmes : pour ceux qui aimaient le sport, la douceur, le jeu ou l'exploration. Et si tant de possibilités étaient permises, c'est qu'aucune censure ne venait se poser sur nos désirs. J'appréciais ce sens du service toujours irréprochable.

Athéna a fermé les immenses rideaux d'un grand geste, elle sait que mon corps vieillissant me complexe et que je me sens plus à l'aise dans une légère obscurité parsemée de quelques éclairages artificiels. Elle a jeté sa cape de velours sur une chaise en bois et m'a fait signe d'aller sur le lit pendant qu'elle allait se « rafraîchir », selon ses termes, comme elle faisait d'habitude. En retirant les boutons de ma chemise, assis sur le rebord, je repensais à cette Diane égarée que j'avais cotoyée hier, au sourire timide qu'elle avait esquissé quand je lui avais demandé un dernier ordre, un sourire qui aurait peut-être été une invitation à la rejoindre, pourquoi pas, dans son lit, à me lover contre elle, à l'envelopper de mon souffle chaud pour qu'elle se sente dans un cocon, moins seule, moins fragile, moins vulnérable.

Je bandais, à nouveau, je bandais. Athéna est revenue de la salle de bain et a déclenché l'ambiance lumineuse correspondant à mes goûts. Ses dessous étaient d'une confection digne des plus grands couturiers, une dentelle sertie de fils dorés enveloppait ses seins, ses hanches, et retenait des bas noirs tirés au maximum. J'ai passé ma main autour de sa cuisse, j'ai respiré le parfum de sa peau, près de sa culotte, une odeur de toilette, aux relents de savon et de menthe. Elle s'est assise à côté de moi, plongeant son regard noir dans le mien, et m'a débraguetté.

# ATHÉNA SOLLIPE

## CHAPITRE 3

J'ai pris son sexe en main avec un empressement qui trahissait mon désir alors qu'il observait encore avec minutie ma lingerie, qu'il en détaillait les ornements, en appréciait la coupe du bout des doigts. Il devait certainement avoir le nom de la marque en tête, très peu de choses lui échappaient. Je connaissais son sens de l'observation et sa mémoire sans faille, et je savais qu'il était sensible à cet ensemble que j'avais choisi spécialement pour lui.

Je sentais sa tige durcir rapidement dans le creux de ma paume, alors que j'exerçais une pression de plus en plus intense. J'aurais tué pour me coller à lui, être nue, sentir sa peau marquer la mienne, mais je me contentais de suivre son rythme, obligation de bonne tenue de la maison, c'est le client qui impulse le tempo de la relation, jamais l'inverse.

Il s'est laissé tomber sur lit, le regard levé au plafond, la chemise toujours sur les épaules. Peut-être contemplait-il mon dos qui se parait de reflets bleutés dans le miroir immense qui nous servait de ciel? De longues secondes se sont écoulées tandis que son regard, absent, semblait absorbé par des nuages invisibles. Moi, je ne pouvais m'empêcher de le détailler. S'il trouvait son corps déformé par les années, il rayonnait pourtant d'une beauté virile évidente. Tout, dans ses manières, lui donnait de l'allure. Sa main caressait toujours, machinalement, la dentelle de mon soutien-gorge, et parce que mon sein implorait le même traitement, j'ai retiré cette cage de fer et de tissus fins en dégrafant les crochets par le dos. Ainsi que ma culotte, en la glissant sensuellement le long de ma jambe jusqu'à la pointe de mon orteil. Sa main s'est alors égarée dans le pli de mon aisselle puis est allée se réfugier sur mon ventre plat, en zone neutre, à mi-chemin entre le brasier de mon sexe et la tension insoutenable de mes deux seins.

Son corps aussi réclamait la délivrance, il bandait à l'extrême. Son sexe était maintenant bien dur, gainé comme un ballon de baudruche sur le point d'éclater, et cette preuve physiologique attestait que son regard n'était pas perdu dans les profondeurs abyssales du miroir, mais bien concentré sur mon corps, offert, à travers le reflet. Il me matait, à mon insu.

Marcel a toujours été un voyeur, trouvant une jouissance étonnante dans le fait de voir sans être vu. J'allais alors lui offrir une vue panoramique sur ma chute de reins. J'ai déroulé un préservatif sur sa colonne de chair, je l'ai enjambé, en me mettant à califourchon au-dessus de lui et je me suis empalée sur son sexe chaud. Nos deux corps se sont imbriqués l'un dans l'autre comme s'ils ne s'étaient jamais quittés, avec évidence. Mon bassin s'agitait doucement, tandis que quelques-uns de ses grognements venaient ponctuer ma danse en se manifestant à chaque ellipse. Mes bras, tendus, trouvaient appui sur ses épaules puissantes, tandis que mes genoux et mes chevilles s'enfonçaient un peu plus dans le moelleux du matelas pour mieux contrôler mes mouvements. Peu de femmes sont aussi à l'aise que moi en Andromaque, résultat d'un travail exigeant des adducteurs et de l'endurance. Et à ce jeu-là, je pouvais durer des heures, ce qui ravissait habituellement Marcel. Mais cette fois-ci, je n'en ai pas eu besoin.

En une minute, peut-être deux, j'ai senti les jambes de Marcel se tendre et s'étirer, ses deux sourcils se sont froncés, comme un accent circonflexe qui trônait au-dessus d'un nez fumant et d'une bouche en « O ». Il devait être bien à cran pour se répandre aussi vite. Je me suis effondrée à côté en riant, et je l'ai entendu rire à son tour : « Dis donc, tu m'as fait décharger à une vitesse, toi ! » a-t-il dit en m'embrassant à pleine bouche et en tirant sur sa capote comme on se débarrasse d'un vieux chewing-gum.

Et dire qu'un peu plus tôt, je lui avais envoyé Apolline dans les pattes dès que je l'avais vu passer la sécurité, mais c'est moi qu'il avait choisie, à nouveau, malgré ses couilles bien pleines. J'avais hésité à demander à la petite d'attaquer Marcel, je ne sais pas comment j'aurai réagi s'il avait répondu favorablement à ses charmes, ce que cela m'aurait fait. Peut-être qu'au fond de moi, j'avais envie d'avoir une charge contre lui, une forme de colère sourde, un moyen de m'échapper de son emprise. Notre histoire était si spéciale, notre temps était compté chaque fois qu'il pénétrait au sein de ces murs, c'est ce qui faisait la beauté de notre relation, et jamais il n'avait détourné son regard sur une autre que moi depuis toutes ces années. Aucun autre matrior n'avait eu cet égard pour moi.

Il s'est allongé sur le lit, la chemise à moitié déboutonnée sur son torse velu parsemé de jolis reflets argentés, une toison sublime dans laquelle mes doigts se sont fourrés à la recherche de la chaleur de sa peau, du battement de son cœur, qui reprenait une cadence normale. Son regard semblait toujours dans le vague. Marcel avait l'esprit ailleurs, les présidentielles approchaient et je le savais toujours très impliqué dans les questions de politique, son ancien poste de haut fonctionnaire, dans ses jeunes années, lui avait laissé la passion de l'organisation de la société et du jeu de pouvoir.

Nous avions le temps de nous accorder un moment de pause après notre étreinte, et en contemplant le reflet sur le plafond tout en miroir de nos deux corps éreintés par la jouissance, il a partagé, dans un soupir, le fond de sa pensée :

« Cette Diane Maurepas, tout de même, quel héritage ! Petite-fille des *dimanches à la maison*, c'est un fardeau... »

Ravie d'avoir la possibilité de débattre de ses sujets de prédilection, je me suis aussi épanchée, en lui disant que je me posais parfois la question de savoir si j'aurais eu le courage et l'audace d'y participer.

L'opération des *dimanches à la maison* s'était déroulée dans un autre temps, à une époque patriarcale, nous étions alors en 2022. La prostitution souffrait d'une ambiguïté législative étonnante, les péripatéticiennes pouvaient exercer, mais leurs clients étaient considérés comme délinquants. Quant à réfléchir à organiser cette profession de façon politique, c'était impossible du fait de lois très dures à l'encontre du proxénétisme. Mais le proxénétisme n'était pas joli à voir, pas joli à voir comme aujourd'hui.

Les *dimanches à la maison* avaient été le fruit d'un pari fou et démesuré, lancé par la féministe et travailleuse du sexe Maurepas sur les réseaux sociaux. Ça avait fait l'effet d'une bombe, lançant par la suite les prémices de Matriarchie.

Un principe simple, facilement compréhensible: offrir une soirée de sexe torride sur inscription, totalement gratuite, en compagnie de ses jolies collègues, à quiconque passerait le dimanche entier, dès 7 heures du matin, dans une grande demeure que Maurepas avait louée en banlieue parisienne, en plein parc régional, loin de tout, sans en sortir jusqu'au lendemain. Elle avait posté tous les jours des photos pour partager l'ambiance de ces dimanches incroyables pour casser l'ennui de ces heures loin du domicile. Il y avait de l'alcool à volonté, des livres, tous types de films, elle avait même installé des bornes de jeux vidéo pour organiser des LAN entre participants. Elle s'était entourée d'influenceurs dans le milieu du gaming, pour toucher les jeunes, mais aussi de grands noms de la chasse, pour susciter l'intérêt des plus âgés. Il y avait une forêt juste à côté du domicile qui regorgeait de gibier et dont elle postait même quelques photos, quand les chevreuils étaient assez téméraires pour se laisser approcher. Elle avait effectué un travail minutieux pour communiquer auprès de toutes les classes sociales, tous les âges, toutes les professions. Les magazines pornos avaient relayé chacune de ses photos chaudes, et celles de ses amies, qu'elle prenait dans cette maison de rêve, en petite tenue, quand elle en portait une.

« Je suis à vous durant deux dimanches soirs, je peux prendre plusieurs mecs en même temps, j'ai l'habitude ! » signait-elle de façon espiègle chacun de ses posts, avec le formulaire d'inscription graissé, parfois en majuscule.

Quelques vidéos pornos circulaient sur le net pour attester de ses prouesses, on pouvait y observer deux voire trois hommes qui accaparaient ses orifices, pendant que, rieuse, Maurepas en demandait d'autres. Elle avait le chic pour incarner la jeunesse, la fête, la luxure et la démesure, et attirer les foules, qu'il s'agisse de curieux, d'intéressés ou de haineux.

Ces deux dimanches, c'était le premier et le deuxième tour des présidentielles de 2022.

Le message, qui n'a jamais été explicite, était pourtant clair : il fallait faire passer l'envie aux hommes de voter. Exclure les chasseurs, les gamers, les pollueurs et tous les dirigeants masculins avides de pouvoir, des intérêts des programmes des politiques et les retenir, captifs, dans une maison dédiée à leurs plaisirs abrutissants. Au lieu d'aller voter.

C'est là que Maurepas avait dû affronter une levée de boucliers, dès le début de sa communication, des attaques de toutes parts, surtout chez les associations de féministes abolitionnistes de l'époque, qui y voyait un moyen de prostitution déguisée voire de proxénétisme. Bien sûr, il y eut plusieurs plaintes déposées chez le procureur, mais aucune n'avait abouti sur l'interdiction d'organiser un tel événement. Elle s'était au préalable assurée des compétences d'une avocate pénaliste de renom qui avait épluché tous les textes de loi sur le sujet, aussi flous et imprécis qu'ils pussent être et comme ni Maurepas ni ses copines ne tiraient un avantage tangible de la situation, aucune procédure n'avait débouché sur un jugement défavorable. Renoncer à un droit de vote pour du sexe ne rentrait dans aucune catégorie juridique.

C'est au bout de quelques mois que la stratégie de Maurepas avait porté ses fruits. Forte de trois millions d'inscrits dans toute la France, elle était désormais à la tête d'une communauté qui pesait dans le débat politique. Et si sa demeure ne pouvait accueillir que quelques centaines de sympathisants, elle savait maintenant qu'elle pourrait bénéficier du soutien de milliers d'autres femmes pour créer des initiatives similaires et accueillir le reste de ses inscrits dans de bonnes conditions, car ces dernières étaient maintenant presque toutes de son côté.

Les sondages sortaient toutes les semaines et il était clair que le taux d'abstention masculin allait être nettement en hausse sur ces élections, certains maris avaient même donné procuration à leur femme. Mais qui est vraiment sûr de la loyauté de son épouse lorsque les enjeux sont aussi colossaux ?

Les politiciens ont commencé à angler différemment leurs programmes, tout en conservant les problématiques d'immigration, de logement, d'accès au monde du travail, des impôts en tête de leurs débats et discours, proposant également de plus en plus d'initiatives en faveur des femmes : facilitation d'accès à la PMA, conservation de leurs gamètes jusqu'à la fin de leur vie, protection dans les transports en commun, dans leur vie professionnelle, prise en charge à 100 % des protections hygiéniques, du lait maternel en poudre, puis, dans la surenchère, de tout le matériel de puériculture. La création de crèches gratuites. Chaque candidat venait de semaine en semaine avec une nouvelle proposition pour satisfaire l'électorat féminin. La guerre pour le cœur des femmes avait commencé et chaque épouse, mère, sœur, fille, de plus de dix-huit ans, se sentait agréablement flattée par des idées de plus en plus ataraxiques pour son quotidien.

Et finalement, toutes les femmes furent solidaires de Maurepas. Si la majorité ne participait pas à la partie fine dominicale organisée après les deux dimanches à la maison, chacune s'était fait la promesse d'aller voter pour le ou la candidate qui répondrait le mieux à ses attentes.

Sans grande surprise, c'est une femme qui a remporté le second tour, avec une promesse forte de campagne: annihiler la violence et la destruction écologique, non pas en promulguant des lois, mais en investissant massivement dans la recherche scientifique.

Nous devions aboutir sur une société qui favorisait la coopération contre la compétition, toujours. Une société où les femmes, les enfants, la terre seraient au sommet des préoccupations des hommes.

Je me suis retournée vers Marcel, l'air mutin:

« Certes, j'aurais pu organiser un dimanche à la maison, mais tu sais à quel point je suis nulle en jeux vidéo... et ils n'ont fait que ça pendant des heures en attendant, le soir, que les femmes leur offrent leur sexe. Je n'aurais été bonne qu'en deuxième partie. »

J'ai embrassé le sourire en coin de Marcel. Il s'est allongé au-dessus de moi, me prenant fort dans ses bras.

« Et tu aurais assurément rencontré un immense succès dans ta maison » m'a susurré Marcel à l'oreille tout en retirant intégralement sa chemise et en faisant ressortir un de mes seins en dehors de son nid. Sa bouche s'est posée sur la pointe de mon téton, j'ai fermé les yeux, tout en savourant l'instant. Il nous restait encore quelques heures. Une éternité.

# FERNAND FUEGO

## CHAPITRE 4

« Je vous prie de bien vouloir agréer mes salutations distinguées et de croire à la sincérité de ma démarche. » Le mail était écrit avec élégance, sans aucune animosité, et pourtant, je me doutais qu'il y avait une volonté de nuisance, qu'elle se dissimulait derrière la respiration de chaque virgule et que les majuscules trahissaient une assoiffante envie de pouvoir.

J'ai fermé mon écran, rassemblé mes affaires et attrapé à la volée mon duffle-coat, renversant au passage le portemanteau en bois de l'open space dans un bruit mat qui a éclaboussé tout l'étage. Par réflexe, j'ai regardé derrière moi, il n'y avait plus personne à son poste, heureusement, il était tard. Et moi, à la bourre. Thierry et Solange devaient déjà avoir ouvert leur vin pour l'aérer et les canapés devaient griller dans le four, je suis sorti de l'immeuble en trombe, j'ai hélé un taxi et suis arrivé dans le sixième arrondissement avec une bonne demi-heure de retard.

Les deux petites m'ont ouvert la porte en me réclamant d'autorité une histoire. Solange a fait semblant de les sermonner – « désolée Fernand, elles ne voulaient pas s'endormir avant de t'avoir vu » –, j'ai déposé mon manteau sur leur sofa de velours bleu, j'ai attrapé un petit feuilleté tout chaud sur la table basse, et j'ai suivi l'aînée dans la chambre des filles en prenant un air faussement accablé. En réalité, je me suis toujours senti très à ma place près de ces deux petites têtes blondes. Le désir profond d'avoir des enfants, et mieux, une famille, ne m'a jamais quitté. Je savais que mon échec personnel, celui d'avoir une vie stable comme celle de Solange et Thierry, était mon talon d'Achille, la faille dans laquelle Matriarchie pouvait s'engouffrer pour m'attaquer sur mon programme politique, et pourtant, je me refusais à construire un projet avec la première venue. Je voulais vivre l'exceptionnel, la passion, l'éternel, je ne voulais pas sacrifier mes idéaux si la réalité ne collait pas avec mes aspirations personnelles.

J'ai pioché un livre de leur bibliothèque. « Une histoire, pas plus, je dois parler avec vos parents après », ai-je annoncé d'entrée de jeu, avec une intonation que je voulais faussement catégorique. Je me suis installé au centre de leurs deux lits sur un tapis en laine et j'ai entamé la lecture de *La Reine Margot*, dans un silence des plus complets. Les deux petites complices s'étaient assises en tailleur, dans les bras l'une de l'autre, et me portaient alors une attention lourde, entière, comme seuls les enfants ont la capacité de le faire. L'histoire, comme tous les contes pour enfants, en disait plus sur les névroses des adultes que sur les rêves des petits ; la reine Margot était une reine capable de calculer deux fois plus vite que n'importe quel être humain ; grâce à elle, le royaume était sauvé contre tous les envahisseurs, car elle savait avec exactitude le nombre de munitions, de soldats ou de vivres qu'il était nécessaire d'obtenir pour remporter la victoire. Elle devinait avec pertinence où et quand attaquer, et prévoyait les moments de repos pour toutes ses troupes, entièrement composées d'hommes décrits comme des pions aveuglément guidés par l'impulsion de tuer leur ennemi. « Bien menés, les hommes savent se tenir et deviennent une force de combat incroyable » : j'ai lu rapidement le nom de l'autrice sur la quatrième de couverture, en me promettant de faire une recherche sur ses autres ouvrages. Les gosses étaient facilement instrumentalisés par toute la littérature des pro-matriarchies, j'ai éteint la lumière sur un « bonne nuit, les filles » et ai rejoint Thierry et Solange, autour de l'entrée, une terrine à la mousse d'épinards absolument délicieuse, accompagnée d'un chablis.

« Elles n'étaient pas trop excitées ? Elles m'épuisent ces deux-là... » m'a demandé Thierry, lui-même dans un état d'excitation inhabituel. Il se trémoussait joyeusement sur son siège en piquant dans sa terrine avec un entrain étonnant, un sourire idiot aux lèvres.

Il portait sa chemise bleu marine cintrée, sa préférée, celle qu'il réservait aux grandes occasions.

« Tout va bien pour elles. Par contre, vous, vous me cachez un truc... », ai-je dit après une gorgée, moi-même amusé par leur connivence.

Solange et Thierry se sont lancé un regard éloquent par réflexe, et à nouveau, j'ai laissé une pointe de jalousie m'envahir ; j'étais trop fatigué pour pouvoir contrôler mes émotions, même les plus sombres. Solange a esquissé une moue, avec un air de dire qu'ils n'allaient pas lâcher le morceau si vite.

« Je vous propose un troc : j'ai un scoop, vous avez un scoop. C'est donnant-donnant » ai-je fanfaronné, conscient que j'avais face à moi un homme et une femme d'affaires parmi les plus redoutables de la capitale.

Soulagé de partager enfin son secret et sans me demander plus de détails sur sa contrepartie, Thierry a sorti de dessous la table un objet de silicone rose.

« Je te présente le tout dernier *Lovewoman*, la version six, aucun bruit, une intelligence artificielle qui pressent les orgasmes chez sa maîtresse pour adapter ses vibrations à son organisme. Plus elle l'utilise, plus il devient performant. Mais la clé de son succès, c'est qu'il est capable de projeter un fantasme holographique ultra-réaliste autour d'elle. Aucun jouet, ni film porno, n'a jamais atteint ce niveau de technologie. »

J'ai pris l'objet entre les mains, agréablement conquis par l'ingéniosité de l'appareil, mais pas réellement surpris. Thierry et Solange étaient à la tête de la plus importante marque française de sextoys, leurs plus grandes joies provenaient souvent de ces coups marketing inattendus. La matière était d'une douceur agréable, comparable à la sensation d'une peau de pêche, un silicone presque organique, fin et délicat. Quelques boutons discrets et dorés sur le dessus auguraient d'une utilisation assez intuitive, d'autant que le design des versions précédentes avait été conservé. J'ai appuyé sur l'icône en forme de nuage : un homme au torse velu, à la limite de la bête, s'est alors matérialisé face à moi, en me détaillant, le regard perçant. Ses yeux se sont baissés d'un coup vers son entrejambe, et par réflexe, j'ai suivi son regard, découvrant alors un sexe démesuré, mi-humain, mi-fantasmagorique, parcouru d'épaisses veines et surmonté d'un gland violet proéminent, baveux, qui se présentait tout près de ma cuisse. Sa paume, large, puissante, s'est plaquée contre ma bouche. J'ai appuyé précipitamment sur le nuage pour le faire disparaître, le cœur battant. Le réalisme était bluffant, l'équipe de designers des avatars avait fait des merveilles.

Solange, en parallèle, attirait mon attention pour me détailler sur mon *smartleaf* toute la campagne de communication faite autour de l'objet, les dépenses massives sur l'affichage holographique dans les transports en commun et sur le digital. Solange et Thierry se complétaient à merveille, tant sur les idées brillantes que sur leur sens du perfectionnisme, de l'anticipation et du développement des concepts. Je les écoutais avec délectation, leurs voix se chevauchaient parfois, pour m'expliquer tous les secrets de fabrication et les axes de communication autour de l'objet. Passionnés, ils en devenaient passionnants.

Elle était le cadre, il était le moteur, elle était la voile et le gouvernail, il était le vent et elle les flots porteurs.

Solange a débarrassé l'entrée et a filé dans la cuisine chercher le plat de résistance. Alors qu'elle était partie, Thierry continuait à me faire le numéro de celui qui est sous tension électrique, en touchant continuellement sa bouche et en arrangeant le col de sa chemise. Il me souriait de façon polie, sans oser basculer sur un autre sujet de discussion, et jetait des regards impatients en direction des fourneaux.

« Tu ne lui dis pas mon chéri ! Tu m'attends », hurla Solange qui connaissait l'impatience de son mari, surtout quand il avait une bonne nouvelle à annoncer.

Solange est revenue, une manique protégeant sa main tenant un met brûlant duquel se dégageait une savoureuse odeur de vin blanc, de thym et de carottes cuites. Elle avait cuisiné sa fameuse blanquette au soja. En posant le plat sur la table, elle a lancé un coup d'œil à Thierry et enfin leurs voix se sont rejointes pour m'annoncer de concert :

« Et on donne 10 % des bénéfices au Parti familial sur ce projet. »

Je me suis levé de ma chaise et les ai pris tous les deux dans mes bras, ému. Avoir deux amis comme eux, c'était précieux et je le savais.

Sans eux, le Parti familial n'aurait jamais eu les financements nécessaires pour toucher autant de monde. Ils m'avaient déjà tant donné au début de ma campagne que je ne pensais pas qu'ils réitèreraient le geste. Nous étions maintenant à 20 % dans les sondages pour les présidentielles, un score pratiquement inespéré. Et c'était en grande partie grâce à leurs dons.

Toutes les femmes étaient devenues accros au *Lovewoman*. Seuls ces jouets diaboliques savaient comment maintenir leur addiction vivace en conjuguant une expertise pointue de la biologie féminine et de la précision de leurs fantasmes.

Je suis allé me rasseoir, l'esprit embrumé par l'euphorie, la fatigue et peut-être quelques gorgées d'alcool de trop.

« Et toi, alors, balance ton scoop ! On veut du bon ! » m'a taquiné Thierry, qui ne perdait pas le nord.

« Je viens de recevoir un mail de Diane Maurepas, la porte-parole de Matriarchie, elle souhaite me rencontrer. Elle veut trouver des terrains d'entente, mais j'hésite encore. Peut-être que je peux la convaincre, sur une ou deux mesures, peut-être qu'elle pourrait être sensible à certaines de nos valeurs. Alors, nous n'aurons pas tout perdu. »

J'ai lu la désapprobation à travers leurs regards fuyants et le silence pesant qui s'en est suivi. Ma réponse, argumentée, trahissait ma prise de décision, je n'en étais plus à l'hésitation, j'avais fait mon choix. Je devais rencontrer Diane Maurepas, la porte-parole de Matriarchie.

J'ai repris une bouchée de la blanquette de soja, c'était vraiment délicieux.

## DIANE MAUREPAS
### CHAPITRE 5

L'invitée s'est levée du plateau, a poliment salué le public d'une main et m'a rejointe en coulisses, pour retirer son micro.

C'était à moi de passer sur le grill dans quelques minutes et j'essayais de contenir ma nervosité : l'émission était regardée par près de quatre millions de téléspectateurs et ma courte nuit ne m'aidait pas à avoir les idées claires.

Cela faisait deux jours de suite que j'enchaînais les soirées. Mon corps ne suivait que mollement la folle cadence que je m'étais sévèrement imposée ; j'avais besoin de faire le plus de rencontres possible avant les élections. Je n'étais qu'à mi-chemin du marathon. Pour me redonner un peu d'aplomb, j'ai osé quelques mots réconfortants en direction de celle qui me précédait et que le stress était en train de quitter : « Bravo pour votre intervention, c'était très intéressant de décortiquer votre travail d'écriture auprès des enfants. J'ai une jeune fille, je ne sais jamais quoi lui faire lire. » L'auteure, qui devait avoir la trentaine, pas plus, s'est retournée vers moi, empêtrée dans les plis de sa jupe pour retirer l'émetteur, avec un visage qui exprimait une gratitude infinie. Manifestement, elle savait qui j'étais. Elle m'a donné, émue, et en silence, un exemplaire de son dernier livre, que j'ai tendu au régisseur, pour qu'il le conserve le temps de mon passage. J'ai pu lire rapidement *La Reine Margot* avant de m'élancer sous le feu des projecteurs, dans le brouhaha d'une musique entraînante et des applaudissements du public.

Toute la thématique de l'émission tournait autour de l'éducation et de la jeunesse et j'essayais de me remémorer les chiffres sur lesquels le parti s'époumonait à communiquer: « un garçon sur cinq se destinait à être matrior », « une fillette sur cinq accéderait à un poste à hautes responsabilités avant ses quarante ans », et malgré tout « nous refusions une éducation genrée », « nous assumions que la culture devait offrir aux hommes et aux femmes les mêmes opportunités ».

Les chroniqueurs ne m'ont pas épargnée. Ils avaient la réputation d'être vaches, c'est ce qui faisait leur succès et leur chiffre d'audience démentiel, et quelque part, la puissance de leurs attaques jouait en notre faveur. Moins ils se reposaient dans la complaisance, plus le parti en sortait grandi.

Évidemment, les chiffres concernant les violences étaient ce qui nous tenait comme favori dans l'opinion publique. Nous avions baissé les courbes des crimes et des délits – vols, viols, attaques à l'arme blanche, meurtres, agressions – de près de 75 %, nous étions un exemple pour tous les pays voisins, mais je savais que les questions qui allaient m'être posées ne porteraient pas là-dessus.

« Pensez-vous que le destin des jeunes femmes ou des jeunes hommes qui deviennent matriors ou courtisanes soit souhaitable ? », « Que pensez-vous des troubles psychologiques chez certains enfants nés d'anonymes par PMA ? » J'aurais tout donné pour qu'Éléonore soit à ma place, je savais qu'elle aurait trouvé le ton juste, ni trop sec, ni trop décontracté, avec la pointe d'humour nécessaire pour les faire vaciller et s'attirer l'étonnement du public, mais c'est moi qui devais jouer ce jeu-là : j'incarnais mieux le parti, je portais avec moi une histoire et des combats.

Je savais qu'elle me regardait en direct, j'espérais, au fond de moi, qu'elle serait fière. « Les hommes et les femmes n'ont pas les mêmes désirs ni les mêmes motivations, les chiffres concernant l'empathie masculine sont clairement en dessous de ceux des femmes en moyenne, certains sont inaptes à diriger le collectif sans être happés par des désirs personnels. Ils ont sensiblement moins le goût de la bienveillance, c'est pourquoi les femmes doivent naturellement prendre des postes de direction, et les hommes doivent logiquement les accompagner dans les tâches quotidiennes, qui n'en sont pas moins nobles. Il n'y a rien de plus beau que de s'occuper de l'hygiène, des soins et des enfants. Tout le monde a sa place dans cet équilibre. Très peu de femmes seraient prêtes à renoncer à quelque chose de cher pour l'assurance d'avoir du sexe. Ce qui n'est pas le cas des hommes. Les femmes sont nées statistiquement plus apaisées, moins agressives. Oui, les courtisans et les courtisanes sont heureux, ils ont des formations, des programmes, des suivis, un peu de concurrence entre eux, saine, bien sûr, mais l'assurance que leur retraite arrivera très tôt, dans des conditions plus qu'agréables, est suffisante pour les motiver au travail, et certains le font même avec beaucoup de plaisir.

Et non, il n'a jamais été prouvé que les enfants nés d'un père anonyme, par plaquette, avaient plus de troubles psychologiques que ceux nés d'un père et d'une mère biologiques. Ces idées sont celles d'un autre siècle. »

Je ne me laissais pas interrompre, je les regardais tous droit dans les yeux, comme le conseiller en communication m'y avait entraînée, mais je sentais bien que j'étais trop mécanique dans cette gestuelle qui n'était pas la mienne. Mon ton souffrait de l'usure et de la répétition, je m'entendais moi-même dérouler les phrases de façon monocorde. Le débat s'est poursuivi, les piques se sont faites plus sanglantes, sans pour autant déclencher en moi l'envol flamboyant et passionné que, je crois, ils étaient venus chercher.

« Merci, Mme Maurepas. » Leurs applaudissements mous exprimaient la déception, mais au fond de moi, je m'en foutais. « Incarner la sérénité et la stabilité », je me repassais en boucle cette phrase, celle du conseiller : à ce jeu-là, j'avais réussi.

J'ai sauté dans la voiture, Marcel m'emmenait dans un bar d'hôtel du huitième arrondissement, j'ai regardé mon *smartleaf* : « Rendez-vous avec Fernand. » Je n'en avais pas fini avec les rendez-vous périlleux.

Je suis arrivée à l'heure, lui avait dix bonnes minutes de retard, il s'est excusé avec un message laconique pour adoucir mon attente. J'ai commandé un verre de Martini. L'alcool n'est-il pas le meilleur ami de la spontanéité ?

Il est arrivé dans un costume marron en tweed, une matière assez originale pour un homme, combinée à une coupe indémodable, des brodequins au pied, et je n'ai pas pu m'empêcher de remarquer à quel point il était beau. Il portait d'agréables lunettes rondes – par coquetterie, plus personne n'avait besoin de lunettes en France –, sa barbe naissante encadrait une mâchoire bien dessinée et son air chaleureux, accessible, m'a immédiatement mise en confiance. Je me suis détestée en ressentant le soulagement d'avoir été apprêtée quelques heures plus tôt par le service maquillage et coiffure de la télévision, pour me présenter à lui, ainsi, sous mon meilleur jour. Je me suis détestée de vouloir me sentir jolie.

« Je pensais que nous nous rencontrerions dans un endroit sans public ? » a entamé Fernand.

Je lui ai expliqué que j'avais intégralement privatisé cette partie du bar de l'hôtel dans lequel j'avais mes habitudes et que nous étions libres d'échanger en toute discrétion. Je le sentais sur la défensive, comme une mouche virevolte trop près d'une toile d'araignée, et pourtant, je n'avais pas d'autres desseins que de discuter librement avec lui.

« Nous étions pour la paix, il était pour la paix, il y avait forcément un terrain d'entente », ai-je annoncé, pour tenter de réchauffer l'ambiance glaciale qui s'était soudainement installée entre nous.

Il a rigolé au mot « paix » et il m'a demandé si j'avais un ami masculin dans mon entourage. Je lui ai répondu que je considérais mon matrior comme mon plus précieux ami, et j'ai vu à son rictus que non seulement il ne démordait pas de sa position agressive, mais que je venais de lui donner un jeton de plus pour attiser la haine qu'il ressentait envers Matriarchie.

« Sauf votre respect, un ami, c'est quelqu'un avec lequel vous n'avez pas de rapport hiérarchique. Une femme ne devrait pas connaître de rapport hiérarchique avec un homme, et pourtant, vous avez voulu construire le monde de cette façon-là, en vous servant de la frustration et de la misère de certains hommes. Quelle froideur de s'endormir sans amour. »

Il a pris une gorgée en marquant une pause, scrutant une éventuelle réaction de ma part. Je n'avais pas anticipé qu'il m'attaquerait personnellement, aussi j'ai basculé immédiatement, en incarnant, comme mon conseiller en communication me l'avait appris, « le calme et la sérénité ». Je me suis tue, je suis restée impassible.

Il a repris de plus belle : « Et pourtant, en vous regardant, je sais que vous pouvez le ressentir. Ce frisson qui vous parcourt l'échine quand vous dînez avec des amies de longue date, quand vous riez aux mêmes blagues, aux souvenirs, quand vous observez vos enfants dormir. Ce même amour, vous pouvez le ressentir avec un homme. Je ne parle pas de la reconnaissance éventuelle envers un matrior. Je ne vous parle même pas de désir sexuel. Je vous parle de reconnaître un peu de soi, en l'autre. »

J'ai repris une gorgée de Martini et j'ai levé les yeux au ciel, d'un air amusé. « Et moi qui pensais que vous axeriez la discussion sur des sujets techniques et complexes. »

Fernand a continué son discours sentimentaliste sans paraître déstabilisé par mon attitude, puis, sans attendre un retour de ma part, s'est levé de son tabouret haut et m'a laissé, comme lot de consolation je suppose, un sextoy rose.

« C'est une amie, Solange, qui les fabrique et les commercialise. Celui-là n'est pas encore sur le marché. Je vous conseille de l'utiliser, ça va vous faire le plus grand bien. »

Il est parti sans un mot de plus, sans même un dernier regard. Je ne savais quoi penser de ce rendez-vous, par quel bout le débriefer à Éléonore. M'étais-je montrée trop obtuse ? N'avais-je pas su l'interrompre au bon moment, lui poser des questions en retour ? Ma décision était prise, je n'évoquerais pas cette entrevue avec le parti, pas maintenant, pas avant d'avoir pu activement savoir si un terrain d'entente était envisageable.

Marcel m'a déposée à l'appartement, il avait encore du ménage à faire, le dîner à préparer, et j'étais exténuée. Alice dînait chez une amie ce soir, j'étais seule.

J'ai pris le cadeau de Fernand entre mes doigts, en repensant aux poils de sa barbe, sa fossette qui encadrait son rictus amusé, ses mains qui tenaient fermement son verre, et j'ai appuyé sur « on ».

# MATRIOR MARCEL

## CHAPITRE 6

Elle avait laissé la porte de sa chambre entrouverte. Pendant que j'étais affairé à la cuisine, en pleine préparation du gratin de courgettes, j'imaginais sa vie cachée dans l'intimité de sa chambre. Diane devait jeter d'un geste las ses habits gorgés de son parfum sur son couvre-lit, pour leur préférer une tenue plus confortable. Un pantalon de satin, pourquoi pas, une matière ample et fluide pour déambuler dans son appartement en toute décontraction. Voire un caraco noir de dentelle, j'en avais déjà aperçu dans le fond d'un de ses tiroirs de commode. Je ne l'avais jamais vue avec, mais c'est le genre d'habit à la coupe flatteuse et à la matière noble idéale pour accompagner la douceur d'une soirée. Peut-être était-elle en train de se masser délicatement les pieds, ainsi que les seins, enfin libérés de leur soutien-gorge, peut-être même allait-elle se préparer à prendre une douche chaude, elle l'avait méritée. Sa journée s'était déroulée à un rythme d'enfer, elle avait besoin de repos, de réconfort.

Et pourquoi ne pas prévoir un peu de vin rouge ? Un vin doux, pour qu'elle s'oublie quelques instants dans l'étourdissement de l'alcool. Je suis allé dans la réserve chercher une bouteille, un Alsacien aux notes légères, du pinot noir, quelque chose qui ne donne pas de migraine au réveil, je l'ai ouvert pour une meilleure aération et m'en suis servi un verre au passage. Puis, j'ai virevolté dans le frigo à la recherche du parmesan et de la crème fraîche. J'ai déposé un plat en porcelaine sur le plan de travail, j'y ai versé tous les ingrédients, avec les courgettes préalablement revenues, puis ai enfourné le tout vingt minutes thermostat sept.

J'ai jeté un œil à ma montre : dans une heure je me devais d'aller chercher Alice, qui dînait dans la famille de Marjorie, sa meilleure amie. J'avais le temps de cuisiner un dessert, une crème brûlée par exemple, je crois qu'il me restait de la crème épaisse quelque part ainsi qu'un gros sachet de sucre de canne.

J'ai tendu l'oreille, pour savoir où en était celle pour qui je préparais le dîner, il n'y avait pas un bruit en provenance de la chambre de Diane, aucun pas, aucune porte de dressing qui claque ou d'eau qui coule dans la salle de bain. Enfin, en m'approchant un peu, j'ai entendu quelques soupirs, discrets et contenus. Pleurait-elle ? Je savais que la tension qui accompagnait ces élections était rude, mais Diane ne pouvait pas se permettre de craquer, pas maintenant, le parcours était loin d'être fini.

J'espérais qu'elle puisse voir en moi une oreille bienveillante, un support quelconque, je me devais d'être là pour elle, de l'accompagner et la soutenir. Alors que j'avais encore les mains pleines de gras, je me suis approché, sur la pointe des pieds, de la porte de sa chambre. J'ai aperçu le couvre-lit tomber au sol, nonchalamment. Il ne fallait pas qu'elle s'endorme maintenant, il était beaucoup trop tôt. En m'avançant encore un peu, j'ai vu un de ses pieds se cambrer. Puis ses orteils remuer un à un. Je me suis approché encore, poussant du bout des doigts la porte, qui s'est ouverte de quelques centimètres. Ses jambes se contractaient, tendues, croisées, une main remontait le long de son corps en direction de son sein, son torse était entièrement dénudé. Sa petite culotte était baissée à mi-cuisse et elle tenait, de son autre main, un étrange objet, un sextoy manifestement, en forme de demi-lune, bien fort contre son entrejambe. Contre sa vulve. Pour la première fois de ma vie, je voyais le sexe de Diane. Rouge, incandescent, gonflé par le désir, il était l'incarnation de la tentation, comme un feu qui brûle la rétine de celui qui le regarde trop longtemps.

Je suis resté interdit quelques secondes, sans avoir la force ni même l'idée de faire marche arrière. Mes yeux imprimaient tout ce qui se passait ; ses chevilles tordues, qui bougeaient par elles-mêmes, comme celles d'un pantin aux ficelles invisibles, ses paupières fermées, le rideau d'une pièce de théâtre d'un autre monde, celui de ses pensées les plus intimes, et sa bouche, ses lèvres, qui s'agitaient dans le vide, répondant à des partenaires absents.

Son front brillait d'une fièvre que je ne lui avais jamais connue, sa culotte, tendue à son maximum, vibrait en même temps que le jouet qu'elle tenait dans sa main. L'air était lourd et j'ai senti mon sexe presser contre ma cuisse. Par automatisme, ma main est descendue le tâter, brûlant, palpitant d'envie. J'ai doucement descendu ma braguette.

Soudain, une bête est apparue juste à côté de Diane, dans ses draps. Les yeux de Diane se sont alors ouverts, d'un coup, presque apeurés, dans la direction de l'étrange créature. J'ai fait un pas en arrière, le souffle coupé, j'ai failli hurler. Ce n'était qu'un hologramme, mais il avait l'air si réel, c'en était bluffant. En me retournant, je me suis pris les pieds dans la table basse, ça m'a fait mal, j'ai crié dans la précipitation :

« Je vais chercher Alice, madame », tout en me dirigeant vers les clés de la voiture posées sur le plan de travail et mon cardigan, suspendu à la patère, dans l'entrée.

J'ai arrangé mon pantalon et je suis parti en trombe, les mains collantes, sans me retourner, en laissant dans le four le gratin et, sur le plan de travail, les crèmes brûlées, enfin pas encore brûlées, tout juste liquides et sucrées, mais tant pis, il fallait que je me calme, Diane pourrait me renvoyer définitivement pour l'erreur que je venais de commettre, pour l'intrusion dans sa plus stricte intimité. Ce genre de délit était sévèrement puni, je risquais la prison.

Je suis arrivé en avance chez les parents de Marjorie, j'ai récupéré Alice en masquant mon bouleversement derrière un excès de politesse, la petite n'a pas trop mal pris mon arrivée avant l'heure convenue, ni les parents, ni Marjorie. Ma petite blonde aux grands yeux avait encore du chocolat au coin des lèvres, elle venait de finir son dessert.

« Maman va bien ? » m'a-t-elle demandé, un peu inquiète, sur le trajet, alors que nous n'étions plus que tous les deux.

Je l'ai rassurée, et c'est elle qui m'a fait la discussion durant tout le retour, me parlant des potins qu'elle avait échangés avec sa meilleure amie et des prochains sévices qu'elles comptaient faire subir aux garçons de sa classe. En d'autres circonstances, j'aurai adoré comploter avec elle, mais impossible de me concentrer sur ses mots. Je l'ai déposée en bas de chez Diane :

« Embrasse fort ta mère, c'est la fin de ma journée. »

Elle m'a répondu, sur un ton provocant :

« Bonne nuit mon petit papa. »

Je l'ai gentiment sermonnée, et j'ai filé à la Maison des Plaisirs, il fallait absolument que je me détende. La sécurité de nuit était en place, ils m'ont salué poliment, j'ai passé mon badge, j'avais droit à une heure, et j'ai filé direction le bar, direction Sam. Il fallait que je noie l'angoisse, le désir et l'excitation dans l'amer d'un bon whisky. J'ai croisé la jeune Apolline, en compagnie d'un matrior qui devait avoir trois fois son âge. Ils étaient attablés et discutaient gaiement, ou plutôt il prenait en main la conversation avec quelques traits d'humour, et ça semblait amuser sincèrement la petite courtisane. Bien sûr qu'elle ne le désirait pas, mais je doutais qu'une femme comme Apolline pût, dans les prochaines années, désirer comme on la désirerait, et ce, quel que fût son interlocuteur. La nature était ainsi faite, plus on était convoitée, moins on était désirant. Et ne pas désirer, ne pas subir d'atroces frustrations d'une envie non réciproque, c'est aussi ça, le bonheur.

Athéna a débarqué dans le salon en même temps que moi, au bras d'une nouvelle recrue. « Oh Marcel ! » s'est-elle écriée, à mon attention. Elle a congédié une superbe métisse, tout en muscles, qui devait bien mesurer 1 m 80, en lui adressant quelques mots à voix basse, et s'est dirigée vers moi, comme une lionne ayant repéré sa proie. C'était d'Athéna dont j'avais besoin pour me remettre les idées au clair. Elle m'a embrassée en prenant mon visage dans ses deux jolies mains, puis en me fixant longuement. J'ai vu à son regard qu'elle s'apercevait que j'étais dans un état second, elle ne m'a rien demandé, elle a pris ma main, et m'a conduit vers la chambre 203.

Nous sommes passés à nouveau devant Apolline, son matrior âgé lui caressait maintenant gentiment la cuisse et elle le laissait faire, feignant de ne pas s'en apercevoir. Ils n'iraient pas plus loin, elle le tenait, il était amoureux, enfin il était « cuit » plutôt, je préférais cette expression, ses pensées étaient maintenant obsédées par la présence d'Apolline. Ça n'a rien à voir avec l'amour, d'ailleurs, c'était de l'envie. Reconnaître en l'autre ce que l'on n'aura jamais en soi. Apolline n'avait plus besoin de lui donner son sexe pour rentabiliser ses heures, je pense qu'Athéna avait dû le lui apprendre. C'était une experte des hommes.

Arrivés dans notre cocon, Athéna a fermé les immenses rideaux, plongeant la pièce dans l'obscurité, a posé sa cape sur la chaise en bois et est allée se rafraîchir. Je me suis allongé sur le lit, j'ai déboutonné ma chemise, j'ai essayé de me calmer tout en fixant mon reflet dans le miroir au-dessus du lit. Autant me l'avouer, j'avais la tête de quelqu'un qui a fait une connerie. Mes cheveux trempés de sueur collaient à mon front et mes joues étaient devenues toutes pâles. J'étais en état de choc. Je ne pouvais faire sortir de ma rétine Diane qui s'adonnait à des plaisirs solitaires. Jamais, en dix ans, je ne l'avais surprise en pleine séance de masturbation, en particulier avec un sextoy aussi évolué. Il faut dire qu'avec l'arrivée de sa fille, je croyais qu'elle avait renoncé à toute forme de sexualité, préservant son énergie pour la politique et pour l'éducation. Mais peut-être avais-je été aveugle ?

Athéna a dosé l'éclairage qui me plaisait et s'est assise à côté de moi, sur le rebord du lit. Elle a engouffré ses doigts dans mes cheveux et m'a dévisagé en essayant de deviner les pensées qui me traversaient l'esprit. Je l'ai attirée tout contre moi et l'ai embrassée.

« Je peux te demander un truc ? lui ai-je demandé, à l'oreille. J'aimerais que tu te masturbes, à côté de moi, Diane. »

Elle m'a répondu, sans laisser paraître la moindre pointe d'indignation dans sa voix, qu'elle s'appelait Athéna. Ce soir, j'enchaînais les conneries.

## ATHÉNA SOLLIPE

### CHAPITRE 7

Il fantasme sur Diane Maurepas, sa maîtresse. Ça m'a fait l'effet d'une évidence, et en même temps, celui d'un coup de poignard. J'ai toujours imaginé que la froideur de Diane laissait les hommes insensibles. Quelle conne je suis !

Comment avais-je pu être suffisamment stupide pour imaginer que Marcel avait quitté un poste d'exception d'homme libre pour pouvoir avoir l'honneur de me voir régulièrement ? Moi, et moi seule ? Et dire que je m'étais encore vantée pas plus tard que ce matin, auprès de la dernière recrue, de connaître « si » bien les hommes, pour la prévenir des dangers de l'ego, du plaisir narcissique à manipuler ces « pauvres êtres » en proie à des désirs inconscients... Comment avais-je pu me fourvoyer ainsi ?

J'ai essayé de ne rien ressentir, de bloquer la douleur, la tristesse et la colère qui brouillaient toute réflexion cohérente. Il fallait que j'arrête de l'aimer. Maintenant.

« OK, je veux bien me masturber, mais on allume la lumière, alors ? »

J'avais soif de le voir au grand jour, je voulais observer tous ses défauts, en gros plan, toute sa laideur, tous les plis de sa peau, sa chair qui vieillissait, son nez, les poils qui en sortaient, ses oreilles qui s'étaient distendues avec le poids des années. Je voulais voir ses dents jaunes, sa peau qui s'écaillait sur le coin de ses ongles. Je voulais qu'il ne soit plus digne de mon attention.

J'ai tiré sur l'élastique de mon shorty de dentelle et j'ai passé un doigt dans ma fente, sans même y prêter attention, comme ça, par automatisme. Il n'aurait le droit qu'à la médiocrité de mon show, qu'à une plate prestation de ce qu'il pensait être le summum de mon intimité. Finalement, j'ai fermé les yeux, je ne voulais plus rien voir, je voulais m'oublier, je voulais ne plus exister. Je crois qu'il se masturbait à côté de moi, je voulais trouver ça dégoûtant, l'imaginer éjaculer mollement ses petits crachats insignifiants.

J'ai senti ses doigts effleurer mon bras, et je l'ai doucement repoussé. Il n'a pas insisté plus longtemps. Je l'ai entendu se redresser sur le lit, faire quelques pas, puis claquer la porte de la chambre, sans un mot. J'ai laissé quelques minutes filer, bêtement, en luttant pour retenir les larmes qui me montaient aux yeux. J'étais en colère contre moi-même, je détestais cette sensation.

J'étais soulagée qu'il soit parti, mais en même temps, je ne l'avais jamais désiré aussi fort près de moi, pour me consoler. Son absence était encore plus pesante que sa présence. Je me sentais bête, mais bête.

Je suis sortie de la chambre et j'ai attrapé dans le couloir le premier matrior qui passait par là. C'était un petit vingtenaire au visage rougeaud encore marqué par l'acné, qui se tenait voûté sur le balcon comme quelqu'un qui se sait trop grand et trop maigre. Bonne pioche. Je me suis enfermée avec lui dans la 203. Il me fallait maintenant souiller le lit avec un autre. Cela devenait une urgence.

« Tu connais les femmes d'expérience ? » À son regard, un peu hagard, un peu mou, j'ai senti que je n'étais pas son premier choix, mais que la curiosité l'avait emporté sur ses habitudes. J'arrivais encore à bousculer les hommes, je n'avais pas tout perdu. Je l'ai jeté sur le lit, tout habillé, en me plantant face à lui. Je le regardais se tortiller sur la couverture pour retirer ses vêtements en les jetant en tous sens, tel un ver de terre. Son corps lisse, blanc, était bosselé par des os qui semblaient trop grands pour sa peau fine et distendue.

J'ai jeté ma cape sur la chaise en bois, me retrouvant en guêpière et shorty de dentelle, avec des bas jusqu'à mi-cuisse et des escarpins qui sublimaient mes pieds. J'étais accompagnée de toutes mes armes. J'ai appuyé sur les boutons du mur pour créer l'ambiance sonore et lumineuse que je m'imaginais plaire à un jeune de cet âge. Un son un peu abrutissant, avec beaucoup de basses, DJ Baby B, c'était le truc à la mode, ça devrait lui plaire. Je bougeais mes hanches au rythme des « Eh ! Oh ! », faisais claquer mes talons au sol au début de chaque refrain, et retirais un vêtement supplémentaire à chaque couplet.

« I'm your woman, oh yeah ! Eh ! Oh ! »

Que ces paroles étaient niaises ! Tout comme le regard fixe à la bouche entrouverte qui me matait au fil de mes exercices, aussi élaborés et recherchés fussent-ils. Je savais qu'il se serait contenté de n'importe qui et de n'importe quoi pour écouler ses heures dans l'établissement, et que je n'avais pas besoin de me donner autant pour l'épuiser.

Mais je voulais quand même lui offrir un des meilleurs spectacles du lieu. Je voulais incarner ce que cette adresse produisait de plus fou.

Pas besoin d'applaudissements, nous savons que nous plaisons grâce à une seule unité de mesure, celle de l'entre-jambe masculine, le seul organe qui ne ment pas.

Et mon ver de terre me prouvait qu'une partie de son corps savait se transformer en tige rigide, même fine et tordue. Je me suis approchée de lui à petits pas, comme une bête farouche qui prend son temps avant d'être apprivoisée. C'est comme cela qu'il fallait procéder, avec tous les hommes. Sa main droite hésitait à caresser franchement son pénis tendu par le désir, ou à rester sage, posée sur le haut de sa cuisse. Elle tremblait alors, coincée dans cet entre-deux bancal. Est-ce qu'il me prenait pour sa mère et attendait que je lui donne l'autorisation de se branler ? J'ai décidé de reprendre les choses en main, j'ai cherché un peu de lubrifiant dans le coffre en bois, puis je suis revenue vers lui, je me suis assise à califourchon au-dessus de son torse, à mi-cuisse et en le regardant droit dans les yeux et j'ai agrippé fermement son sexe. Vingt secondes, soit douze allers-retours, c'est ce qu'il m'a fallu pour le faire jouir.

Son jus avait à peine touché les draps qu'il était déjà en train de chercher son caleçon qui traînait au pied du lit. Il l'a attrapé à la hâte, a masqué son intimité derrière, s'est faufilé dans ses vêtements trop larges, puis a quitté précipitamment la chambre, comme s'il avait fait une grosse bêtise. Je déteste l'empressement bête des mômes.

Je me suis allongée sur les draps froissés et suis restée quelques minutes, figée, à contempler le plafond de miroirs. J'avais du mal à accepter le reflet sans filtre qu'il me renvoyait : j'y voyais pourtant une belle femme dont l'âge n'avait pas encore déformé les courbes, j'y voyais un visage agréable, une allure, et pourtant, le vide qui l'entourait me donnait le vertige. Je ressassais la scène avec Marcel en boucle, à la recherche d'un indice ou d'un détail qui auraient pu m'éclairer un peu plus. Et si Marcel s'était juste trompé dans le prénom sans que cela ne présage quoi que ce soit de son attirance pour une autre ? Il était tard, après tout, il était fatigué, avait passé sa journée avec Diane, un lapsus était si vite arrivé. Et il n'avait manifestement pas supporté que je le repousse. Je pouvais me montrer garce, quand je le voulais.

Peut-être qu'il pensait à moi, en ce moment même, regrettant de gaspiller son précieux temps ailleurs que dans mes draps, attristé à la pensée que je ne veuille plus de lui, dans cette lumière crue que j'avais allumée, exprès. À mieux y réfléchir, je pouvais encore raisonnablement douter. Tout n'était pas perdu.

Je me suis emmitouflée dans les draps, en pleurant. L'incertitude et le manque étaient deux cruels compagnons.

# FERNAND FUEGO
## CHAPITRE 8

Elle me déstabilisait totalement. Aucune émotion ne transparaissait de son attitude, elle s'exprimait comme un robot programmé sans jamais perdre le fil de ce qu'elle racontait.

Quelle actrice ! Quelle énergie remarquable il lui fallait déployer pour paraître à ce point inatteignable.

« Et comment compensez-vous le coût d'un matrior ? Vous plombez le pays qui s'endette d'année en année, non ? » avais-je vociféré, avec une pointe d'aigu sur la fin de ma phrase, masquant difficilement mon énervement.

Et la voilà qui repartait sur les statistiques de la violence ! Bien sûr, cela m'aurait étonné. Soi-disant qu'ils avaient moins de besoins en sécurité interne, qu'ils avaient supprimé de nombreux militaires et vidé les prisons. Ils avaient fermé Fleury-Mérogis l'année dernière, faute de détenus incarcérés. Rien que ce bâtiment représentait des millions d'euros d'économie.

Et sans même me laisser le temps de répondre, elle avait enchaîné sur la santé. Et que je te tartine d'économies sur les comportements à risque. La réduction des accidents de la route. La diminution du marché noir lié aux drogues. Chaque argument était accompagné d'une flopée de chiffres, j'essayais de les griffonner sur ma feuille : si elle faisait une erreur je m'empresserais de la percer à jour dès le lendemain sur le net.

Plus elle était précise, plus elle prenait des risques.

Sa voix était insupportable. Monocorde, assurée, lisse, elle me donnait envie de bondir de ma chaise et de faire quelque chose de mes deux mains, n'importe quoi, un truc violent, qui l'aurait obligée à vomir publiquement ce qu'elle avait vraiment au fond de ses tripes.

« À quoi sert une famille composée de deux parents aujourd'hui, M. Fuego ? Expliquez-nous ! » avait-elle finalement lâché en conclusion de son discours, sans même que cela ait un lien avec le sujet.

J'ai jeté un regard inquisiteur aux animateurs et à Mazert, le célèbre présentateur, qui avaient manifestement abandonné leurs questions et qui jouissaient de nos lancées agressives, sans même essayer de les modérer.

J'ai pris une grande inspiration pour gagner quelques secondes supplémentaires, et j'ai embrayé sur la sécurité affective. C'était un peu bancal comme argument, la science n'avait pas encore été suffisamment loin dans ses études à ce sujet, mais j'ai tout de même évoqué les risques psychologiques quant à une mère absente, quant à un père inexistant. Les sujets étaient complexes, tous les enfants nés de PMA n'étaient pas en détresse, mais je pouvais tout de même citer un chercheur américain qui avait lié la longueur de l'expérience de vie aux relations familiales. Et j'ai casé le mot « spirituel » à la fin de mon monologue, je savais que les religieux étaient également de mon côté, quel que soit le baratin que je pouvais raconter à la télévision. Leur communauté diminuait d'année en année, plus personne ou presque n'avait de religion, mais je ne pouvais pas encore me permettre de me passer de leur soutien.

Diane m'écoutait sans perdre une miette de ce que je racontais, jambes croisées, dos droit, les coudes bloqués sur la table en verre, la tête posée sur ses deux poings fermés. Le public derrière elle semblait fasciné par cette femme aux allures de statue grecque qui me toisait, le regard tenu. C'est moi qui parlais, mais c'est elle qui captait toute l'attention.

Finalement, les animateurs ont mis fin à mon calvaire en annonçant la clôture du débat, le temps était écoulé, il fallait qu'ils enchaînent avec d'autres candidats. Une musique de transition, aux basses très poussées, a fait office de couperet. Le public a applaudi, j'ai entendu quelques femmes hurler des « bravo » à destination de Diane, qui a souri poliment à la foule, sans savoir précisément où regarder, mais en arborant tout de même l'air de celle qui sait que la victoire est proche. J'ai senti un coup de sang me monter à la tête. Un sentiment diffus d'injustice sans que je n'arrive précisément à mettre des mots dessus.

Je me suis rué en coulisses pour récupérer ma sacoche qui traînait sur le canapé dans ma loge, y ait rangé mes notes, ai attrapé mon duffle-coat et attendu Diane à la sortie des studios.

Elle n'était pas seule, son matrior la suivait comme une ombre, notant en silence sur un papier les ordres qu'elle lui transmettait avec autorité. Quelle tristesse d'avoir transformé un tel homme en spectre amorphe ! Comment avions-nous pu en arriver là ? Comme je ne savais pas comment attirer son attention, j'ai improvisé ; je me suis mis à frapper dans mes mains, avec une cadence molle, que je voulais ironique.

« Sympa le numéro de charme à l'hôtel pour mieux me dézinguer devant la France entière sur un plateau de télévision. Vous agissez toujours comme ça, au parti ? C'est votre truc, la fourberie ? »

Diane a coupé court à sa discussion et s'est dirigée vers moi, d'un pas décidé.

« Si vous voulez avoir ce genre de discussion, ce ne sera certainement pas à la sortie du terrier des journalistes ! Montez. »

Et en quelques secondes à peine, je me suis retrouvé dans la berline de Diane. Les vitres teintées permettaient de se promener dans Paris sans risquer d'attirer les photographes et la presse à scandale. Je ne m'attendais pas à cette proximité soudaine, aussi je n'ai pas réussi à sortir un son assis à côté d'elle. Autant me l'avouer, de bête enragée je venais de me transformer en adorable matou intimidé. Toute mon arrogance s'était effondrée d'un coup.

« Ça ne marche pas sur moi » a-t-elle tranché de façon cinglante.

Je ne savais pas si elle parlait de mon ton agressif en sortant des locaux ou des questions intrusives que j'avais réussies à placer lors du débat. Par prudence, et parce que je n'avais pas prémédité notre entretien dans cet espace clos, j'ai préféré garder le silence, d'autant que son matrior me lançait des regards irrités dans le rétroviseur. Sans savoir quoi dire, je me tortillais sur le siège, mes mains moites collaient au cuir du revêtement. J'ai vu qu'il y avait des lingettes dans la contreporte et j'en ai attrapé une pour me rafraîchir. En essuyant mon front, j'ai constaté que j'étais encore couvert du fond de teint utilisé par la maquilleuse de la télé. J'ai décidé de le retirer intégralement, pour me donner une contenance.

Elle a repris la parole, à voix basse.

« Le sextoy, ça ne marche pas sur moi. C'est quoi cette histoire d'hologramme zoophile, là ? »

Une seconde est passée. Puis, j'ai éclaté de rire. En d'autres circonstances, peut-être que j'aurais réussi à me contenir, mais avec la pression de la télévision en direct que je venais de m'infliger, tout est sorti d'un coup. Dans de grands soubresauts qui ont agité tout mon corps, avec des petits hoquets nerveux. Je me laissais aller à paraître ridicule, ça me faisait un bien fou. J'ai cru que son matrior allait garer la voiture pour m'en flanquer une, son regard noir était très éloquent. Quant à Diane, elle souriait, elle aussi. Elle avait réussi à décrisper la situation. Elle venait de marquer un point.

« En fait, il y a d'autres modes de fantasmes holographiques possibles... » ai-je balbutié entre deux soupirs amusés.

« Vous auriez au moins pu me donner la notice d'utilisation » a-t-elle conclu, avec, je l'aurais juré, une pointe de douceur.

Je ne pensais pas que Diane aurait été capable de traits d'humour, surtout sur un sujet aussi grivois. Elle incarnait dans tous les médias la femme rangée et sage, aux antipodes de l'image dévergondée de sa grand-mère. Mais au fond de moi, je m'étais douté qu'une partie d'elle-même jouait la comédie.

Plutôt que d'évoquer la politique ou nos différends, elle a directement embrayé sur l'éducation de sa fille, la richesse des savoirs des professeurs et sa fierté de maman pendant tout le trajet dans les rues de Paris. Je restais muré dans mon silence, en l'écoutant poliment. Elle savait que je n'avais pas de descendance alors que je m'approchais de la quarantaine, et cette démonstration personnelle avait vocation, très certainement, à me renvoyer en pleine figure mon incapacité à être légitime sur les questions concernant les enfants. Évidemment, elle n'était pas explicite, elle savait naviguer habilement. J'avais envie de lui répliquer que tout était plus simple lorsque l'on était une femme en Matriarchie, surtout pour devenir parent : nous ne jouions pas à armes égales. Mais je n'avais pas envie de me victimiser, pas face à elle.

À vrai dire, j'étais autant énervé par la bassesse de ses coups que par l'intelligence avec laquelle elle amenait le sujet de la discussion sur le tapis.

Le matrior s'est arrêté devant un immeuble haussmannien de cinq étages, en plein cœur de Paris.

« Ça ne vous dérange de venir m'expliquer comment fonctionne le petit bijou que vous m'avez offert ? » m'a-t-elle demandé pour habiller l'invitation à terminer l'après-midi dans son appartement.

Je me suis dit que si Solange et Thierry me surprenaient à suivre Diane Maurepas dans l'ascenseur qui menait jusque chez elle, nul doute qu'ils auraient arrêté leurs dons dans la minute. Mais il ne tenait qu'à moi de ne jamais le leur avouer.

## DIANE MAUREPAS
### CHAPITRE 9

Je titubais dans le couloir, l'esprit balloté entre la culpabilité et l'allégresse, les pieds maladroits, le regard encore flou, à la recherche du bouton d'appel de l'ascenseur. J'ai appuyé deux fois à côté, avant qu'il ne se mette à clignoter et que le branle des moteurs n'émette un doux ronronnement, ce qui m'a permis de constater avec dépit qu'un de mes ongles vernis de rouge, celui du majeur, s'était écaillé. Dans tout ce foutoir d'approche des présidentielles, une chose était sûre : je perdais la boule. Le sens des responsabilités, tout comme ma dignité, sans que je sache ce qui m'importait le plus.

Fernand était parti à quatre heures du matin, avant qu'Alice ne se réveille. Il m'avait quittée sans autre projet que d'emporter avec lui le préservatif souillé dans sa besace, pour le jeter dans une autre poubelle que celle de mon appartement. Quelle soirée totalement inconséquente !

Je l'avais invité dans mon appartement avec l'espoir naïf de l'amadouer, de le faire virer de bord, de transformer la haine avec laquelle il m'avait regardée durant notre débat houleux en une douce admiration. Qu'il comprenne la violence qui se cache derrière le mot « mariage », l'enfermement et le communautarisme du mot « famille », le besoin nécessaire de gérer politiquement les intérêts et les désirs des hommes, comme des femmes, et de ne pas laisser ces enjeux s'affronter dans l'intimité. Mais je n'ai rien pu lui dire de tout ça. Dès qu'il a passé le pas de la porte, nous avons parlé d'un sujet hautement plus intéressant : le sextoy censé faire mouiller toutes les pucelles parisiennes.

Il m'a demandé dans quelle position je l'avais utilisé – cela modifiait soi-disant l'endroit où apparaissait l'hologramme – et je suis restée interdite, sans trouver la pointe d'humour nécessaire pour lui répondre, comme bloquée par une conversation soudain trop intime.

Pour me donner une contenance, je lui ai proposé un verre rempli du nectar d'une bouteille alsacienne. Je n'avais que ça sous la main. Il l'a accepté avec reconnaissance en trempant ses jolies lèvres dans le liquide frais, ses lunettes glissant sur le bout de son nez. Je me souviens m'être dit que j'aurai tout donné pour l'embrasser. Éléonore pense que c'est un abruti. Mais à ce moment-là, en retournant son œil vif vers moi, il savait que je le désirais. Il savait que je regardais sa bouche et que, nigaude, je ne savais pas comment me débarrasser de mon désir inapproprié. Il a souri avec arrogance et a tendu son verre pour que mes lèvres s'y trempent à leur tour.

C'est là que j'ai été conne. Bordel ! Comment peut-on tomber aussi bas ? Non seulement j'ai bu le liquide, mais je l'ai ensuite embrassé, j'ai laissé mes mains le déshabiller, les siennes me fouiller et en ressortir des doigts aux reflets argentés de ma propre mouille. Il avait là une preuve matérielle de mon envie. J'étais foutue : j'ai déroulé un préservatif et j'ai laissé son sexe s'enfoncer en moi. Tout était allé si vite que ni lui ni moi n'avions conscience de ce que nous faisions. Nous avons laissé nos corps parler à notre place, développer leur propre langage, décharger leurs tensions et assouvir leur curiosité. Je voulais le convaincre avec des mots, et je me suis retrouvée démunie, utilisant mon sexe comme s'il s'agissait d'une bouche. Comment peut-on être aussi peu charismatique, enfin ? Comment peut-on laisser à son bassin le soin d'exprimer ce que le cerveau et la langue refusent de verbaliser ?

Et surtout... comment peut-on ressentir autant de plaisir ? Autant d'envie, de désir, de passion, de joie, de bonheur en seulement si peu de temps ? Objectivement, c'était mal. Par quelle magie, alors, je me sentais si bien ?

Alors que l'ascenseur descendait, le carillon de Saint-Eustache a résonné huit fois dans ma cage d'escalier. J'avais réussi à être pile à l'heure, malgré le sang qui tambourinait dans mes oreilles et mes cernes qui m'imploraient de retourner au lit.

Les reflets de la berline de Marcel renvoyaient les rayons d'un soleil éclatant. Je me suis engouffrée dedans, ai marmonné quelques politesses à destination de mon matrior et me suis empressée de déposer ma tête contre la vitre fraîche de la voiture. Il fallait que je me maquille pour donner à mes joues un semblant de vitalité, et à mes yeux un air pétillant, malgré la dette de sommeil lourde qui les assombrissait. Mais même ces gestes simples me demandaient un courage que je n'avais pas.

Je suis arrivée à l'Élysée le teint pâle, zébrée d'une trace rouge contre mon front, résultat de la pression de ma lourde cervelle vide et inerte contre le verre poli. Marcel, qui me scrutait dans le rétroviseur durant tout le trajet, m'a interdit de sortir dans la cour dans cet état. Il a coupé le moteur, a ouvert ma portière, s'est agenouillé à mes pieds, devant mes escarpins noirs, et a pris quelques minutes pour lisser mes traits avec un peu de fond de teint. Il m'a répété, avec douceur, mes maîtres mots, « le calme et la sérénité », plusieurs fois de suite, comme un mantra. J'avais à maintes reprises joué le rôle de celle qui savait quand les flammes du doute me consumaient de l'intérieur. J'étais capable de faire semblant. Je me suis levée.

J'ai défilé devant le personnel de sécurité la tête haute, le regard droit, j'ai sautillé les quelques marches qui menaient jusqu'à l'entrée avec une facilité qui m'a moi-même étonnée. Mes talons claquaient sur le marbre en damier pourpre et blanc, imposant ma présence sonore aux quelques invités de cette illustre bâtisse qui se hâtaient dans les couloirs. J'ai immédiatement tourné à gauche, pris l'escalier recouvert d'une moquette épaisse pourpre et or, ai filé à travers le palais des huissiers et suis arrivée dans l'antichambre. 8 h 30. Pile à l'heure.

Je me suis assise sur le fauteuil vermillon, puis relevée aussitôt, le temps d'une génuflexion sportive. J'ai salué Fabienne, la ministre de l'Économie, qui sortait du salon vert, accompagnée d'une demi-douzaine de collaborateurs qui se pressaient, l'air soucieux. Elle m'a glissé à la hâte : « Tu t'es très bien défendue chez Mazert, face à Fernand. T'as dit deux-trois conneries sur les chiffres, Éléonore te fera un brief. Mais t'as clairement mené, j'ai cru qu'il allait t'étrangler, sur la fin. Bravo. » Ça m'a redonné confiance, et j'ai pénétré dans la salle de réunion favorite d'Éléonore gonflée d'une assurance nouvelle.

La présidente m'attendait en bout de table, assise, affairée à la lecture d'une note, un matrior aux traits fins penché sur son épaule qui lui murmurait d'inaudibles explications. Ses sourcils, froncés, dissimulés sous quelques cheveux crépus, exprimaient son habituelle concentration. Impossible d'imaginer de quoi il était question, il pouvait s'agir d'un sujet sensible comme du choix de son menu de la semaine, Éléonore traitait toutes ses décisions avec la même intensité grave et sérieuse.

D'un signe de la main, en silence, elle m'a invitée à m'asseoir, et j'ai pris la chaise située à trois places de la sienne, côté gauche. J'ai posé ma pochette verte plastifiée devant moi qui contenait quelques fiches qu'il fallait revoir ensemble. De nouveaux sujets étaient apparus sur la place publique, notamment les possibilités d'eugénisme dans la PMA, et il était certain qu'on allait m'attaquer là-dessus dans la semaine. Et je ne savais pas encore clairement comment le parti se positionnait.

Le matrior a retiré la note, m'a saluée poliment et a refermé la porte derrière nous dans un claquement à peine perceptible, nous laissant seules, elle et moi. Le soleil inondait la pièce et découpait sa silhouette sombre, qui se tenait droite, à contre-jour. Éléonore a organisé les quelques feuilles qui traînaient devant elle en une pile ordonnée, a remonté ses mains sous son menton, m'a regardée, avec son regard félin, tout en amande – deux lignes qui s'affinaient avec le poids des années – et avant même que je ne la salue, m'a demandé :

« Alors, comment ça se passe avec Fernand ? »

Un tressaillement atroce m'a parcouru l'échine et tout un scénario catastrophe s'est rapidement imposé à moi : encore un connard de paparazzi qui devait veiller la nuit devant chez moi et qui lui avait envoyé les photos pour faire chanter le parti. Fernand, les cheveux en bataille, la capote gluante à la main, qui s'engouffrait dans un taxi en bas de chez moi. Ça, c'était un scoop. J'allais me faire virer. Dans la minute. J'étais grillée. Non. Il fallait que je me calme. Je connaissais suffisamment Éléonore pour sentir qu'elle ne paniquait pas. J'ai quand même attendu quelques secondes, par prudence. « Ça te dérange si je vais me faire un café ? » Je gagnais du temps, en me levant de ma chaise et en me rendant près de la table basse, là où s'éparpillaient quelques éléments de réception. J'ai senti dans mon dos son regard perçant.

« Tu sais, je te connais, Diane… »

Je ne disais rien, sans trop savoir comment interpréter sa phrase. Elle cherchait à me tirer les vers du nez, ça c'était sûr. Mais quels vers ? J'ai allumé la machine qui délivrait son pétrole noirâtre fumant dans la petite tasse de porcelaine. Je restais immobile, stoïque, rien ne pouvait me trahir. Elle a attendu que la machine cesse son bruit sourd, pour asséner sa conclusion tranchante :

« … je sais que tu ne dis rien quand tu échoues. »

Cette phrase, qu'elle voulait certainement assassine, m'a en réalité soulagée d'un poids : elle ne savait rien. Bien sûr, je restais en sursis, la vérité pouvait éclater à tout moment, mais je n'ai pu m'empêcher de revenir à ma place avec un sourire stupide, que j'ai immédiatement effacé, avant de lâcher une explication, courte et clairement compréhensible :

« Il n'a jamais répondu à mon mail. »

Les yeux d'Éléonore se sont plissés un peu plus, elle a remis une mèche derrière son oreille, et s'est redressée sur le dossier de son siège.

« Ce n'est pas une raison pour le défoncer chez Mazert ! On a perdu toutes nos chances de créer une alliance avec le Parti familial, Diane. Toutes nos chances. »

J'avais l'impression d'être une petite fille qui se faisait gronder. Et quelque part, sa gueulante injuste me faisait un bien fou – comme si elle payait indirectement ma secrète trahison. J'acquiesçais bêtement à ses conclusions erronées et abusives, masquant mon trouble à chaque fois qu'elle prononçait le prénom « Fernand ». Son torse qui me serrait bien fort contre lui, dans mes draps, le petit nœud qu'il a fait au bout de la capote, ses lèvres pressées contre mon verre à pied, à la recherche de la dernière goutte de liqueur. Tous ces souvenirs me semblaient particulièrement obscènes au milieu des meubles tremblant de la gouaille d'Éléonore.

J'ai encaissé ses accusations lapidaires jusqu'à ce qu'elle se calme, qu'elle se lève, fasse quelques pas, revienne à sa place, et que je réussisse à changer de sujet pour évoquer mes fiches.

Ses réponses rapides et autoritaires démontraient qu'elle avait déjà mûri toutes mes questions : le parti était pour l'eugénisme par PMA, toutes les femmes seules, de plus en plus nombreuses, qui voulaient faire appel à cette façon de procréer, réclamaient la meilleure génétique disponible, la science était au point pour les accompagner dans cette démarche. Se contenter de la médiocrité n'était pas humain, encore moins féminin. Oui, on autoriserait dorénavant les catalogues de donateurs en affichant leur photo, leur QI et leur profession. Sujet suivant.

Elle n'arrivait pas à se dérider à mon égard, et j'ai réussi à glisser subtilement dans la discussion que je pouvais également me retirer le temps des présidentielles de mon rôle de porte-parole, si elle n'en était pas satisfaite.

« Approcher le parti familial était une opération difficile. En revanche, nous ne pouvons pas nous passer du vote des courtisanes. Il y a une femme assez influente dans la Maison des Plaisirs à côté de chez toi. Rue de Rivoli. Prends la température. »

Je me suis levée de mon siège : ce dernier ordre signait la fin de la discussion. J'ai rassemblé mes fiches avant qu'elle ne m'adresse un dernier mot, plus doux. Certainement pour que nous ne nous quittions pas fâchées.

« J'organise une *orgie* chez moi ce soir, et je serais ravie de t'avoir à mes côtés ! Tu viendras ? »

« Évidemment », ai-je répondu en me demandant à quel moment j'allais caler une manucure dans mon programme serré de la journée.

## MATRIOR MARCEL
### CHAPITRE 10

Très peu de temps après notre arrivée, Diane était déjà sortie du palais de l'Élysée, cavalant dans ses escarpins un peu trop grands pour elle, une pochette verte collée à son tailleur beige et noir qui sublimait ses courbes, ses hanches et sa taille fine. Elle s'est dirigée avec détermination vers la voiture, attirant à elle tous les rayons du soleil et les regards de la sécurité.

Elle avait à nouveau passé une nuit agitée, je la soupçonnais d'avoir abusé du jouet de silicone, et pourtant elle ne pouvait pas se permettre ce genre de fantaisies.

Un programme très dense s'annonçait aujourd'hui. J'ai regardé ma montre ; elle avait réunion dans le quinzième avec un journaliste connu pour défendre des idées communistes d'un autre siècle, puis elle enchaînait avec la visite d'une école, en banlieue ouest, avant de déjeuner, à 13 heures, avec une autrice belge pour enfants très en vogue.

Diane me demanda de caler un rendez-vous rapide avec un professionnel esthétique dans la journée, je me suis souvenu qu'il y avait « Chez Bertrand » sur le chemin, un centre très haut de gamme connu pour la rapidité avec laquelle il s'occupait de ses clientes. Elle a acquiescé à mon itinéraire mollement, en assommant son front contre ma vitre teintée. Il me faudrait penser à la nettoyer en sortant.

Le charme qui m'a longtemps accordé ses faveurs était bien sûr celui d'Athéna, et j'y ai toujours répondu favorablement, je suis un homme d'habitudes. Aussi, j'avais été très étonné de ne pas avoir réussi à bander à notre dernière rencontre. Elle avait pourtant utilisé la pleine lumière pour que je puisse capter tous les détails de ses doigts qui s'agitaient sur ses chairs humides, énervant son clitoris gonflé qui émergeait discrètement d'entre tous les plis. Elle s'était donnée en fermant ses jolies paupières pour mieux s'abandonner, sortant de son habituelle et exagérée démonstration, elle avait osé en montrer moins pour en exprimer plus. Et sa lingerie, qu'elle avait conservée lors de son exploration intime, avait été, comme à son habitude, choisie avec un goût certain. Elle avait tout fait, bien comme il faut. Mais pour une fois, ça n'avait pas pris.

Malgré tous mes efforts pour ériger mon sexe, j'avais dû me résoudre à quitter la 203 dans un silence un peu penaud. J'aurais bien voulu m'expliquer, mais Athéna n'aurait pas compris ma panne. Je la connaissais si bien : elle était obsédée à l'idée de faire bander les hommes.

Distrait par mes réflexions érotiques, je me suis rendu compte que j'avais zappé « Chez Bertrand ». J'ai informé de mon étourderie une Diane amorphe qui, comme touchée par la foudre, a relevé son crâne du dossier, a exorbité deux grands yeux cernés de noir, et s'est emportée d'un coup, dans un élan de colère que je ne lui avais jamais connu.

Tout y est passé ; mon oubli des crèmes brûlées à moitié cuisinées sur le plan de travail, la petite Alice rentrée beaucoup trop tôt à l'appartement, l'ayant dérangée dans une « séance de travail », mon comportement arrogant vis-à-vis de Fernand dans un moment de négociation crucial, et là, mon manque d'exigence quant au programme de la journée, lui faisant perdre de précieuses minutes.

Dame ! C'est la première fois qu'elle déballait son sac comme ça, comme on le secoue au-dessus du vide pour que toutes les miettes viennent s'écraser au sol en de minuscules projectiles. Ça postillonnait au-dessus de mon épaule des paroles vives et agressives, dans des odeurs de café et de parfum mélangées qui agressaient mes narines et, curieusement, titillaient ma libido. Je me détestais de la trouver encore plus excitante dans ce moment d'autorité et de sentir, à nouveau, une érection presser contre mon pantalon de toile. Ça y est : je perdais totalement le sens des réalités.

J'ai répondu des excuses en guirlande, des « désolé », des « vous avez raison », des « il faut que je me reprenne » en guise de boucliers à ses terribles saillies qui, de façon paradoxale, me faisaient l'effet d'un puissant aphrodisiaque.

Et dans un élan de lubricité, j'ai osé proposer une solution encore plus érotique : « Nous allons passer à l'appartement, si vous voulez, je peux vous vernir les ongles ? »

La pauvre Diane a acquiescé, sans soupçonner une seule seconde que cette demande servile était en réalité une merveilleuse récompense.

Nous nous sommes garés devant chez elle, avons pris l'ascenseur, Diane avait le regard fuyant, certainement gênée par cette soudaine promiscuité due au petit mètre carré qu'offrait la cabine et le silence lourd qui s'était maintenant installé entre nous. De mon côté, j'avais le souffle bruyant, saccadé, encombré de ma propre excitation que j'espérais masquer tant bien que mal derrière le brouhaha des moteurs. Le cinquième étage est vite arrivé, les portes nous ont délivrés de notre tension réciproque. Elle est passée devant moi, a tourné la clé de la lourde porte. L'occasion était trop belle, je n'ai pu m'empêcher de détailler toute sa silhouette de dos, le haut de ses talons qui s'échappait de l'emprise de l'escarpin, ses mollets galbés, la rondeur de ses fesses. Je pense que la bosse de mon entrejambe se devinait amplement, mais Diane ne prêtait attention à rien.

Une fois la porte ouverte, je me suis rué vers la salle de bain, à la recherche du vernis, du dissolvant et d'un peu de coton. J'en ai profité pour me passer un peu d'eau sur le visage, pour faire retomber la pression, reprendre le contrôle. J'allais me faire virer si je n'arrivais pas à garder mon sang-froid. Nous avions à peine dix minutes pour la pose, le temps de sèche pourrait se faire dans la voiture, c'était jouable si j'étais efficace. Elle s'est assise sur le tabouret haut de la cuisine, telle une reine sur son trône, et je suis venu m'installer en face d'elle, de l'autre côté de l'îlot en marbre. Elle m'a tendu sa main fine, a agité ses doigts délicats, et j'ai enlevé le rouge en tapotant doucement le coton imbibé qui rosissait sur ses ongles.

Je me suis dit qu'un peu de conversation détendrait l'atmosphère. Pour la première fois de ma carrière, j'ai osé m'épancher de quelques mots sur ma condition. Je m'étais toujours refusé à le faire, conservant en toute circonstance une attitude très professionnelle, mais j'ai senti que le moment était propice. Que la tension de ces derniers jours était telle qu'elle avait besoin de voir en moi l'humain qui se cachait derrière l'automate.

« Je suis faillible, c'est pour ça que j'aime être matrior », ai-je commencé, comme une excuse et comme une explication. Et tel un fil de pelote de laine, j'ai tout déroulé : ma fascination pour la beauté de la Maison des Plaisirs, mon enthousiasme à me lever tous les matins chargé d'une énergie nouvelle, le lien complice que j'avais noué avec sa fille Alice et, enfin, mon plaisir d'être au service de gens que j'estimais et qui faisaient avancer le monde.

« Quelle vie, Madame, quelle allégresse je vis chaque jour ! »

J'étais heureux, et d'autant que je m'en souvienne, je ne l'avais pas été autant dans mon ancienne vie. Jeune adulte, je travaillais en tant qu'homme libre au ministère de l'Éducation, une vocation qui s'est très vite heurtée à la réalité d'un terrain ingrat, qui volait mes heures de précieuse liberté. Je m'étais marié avec une jeune pharmacienne de mon quartier, une femme qui s'accommodait d'un peu de sexe au début de notre relation, avant de s'en dégoûter définitivement pour finalement me reprocher mon appétence pour la chose. Nous n'avions jamais fait d'enfant et ma vie était rythmée par les devoirs, les responsabilités et parfois même quelques engueulades, souvent initiées par mon ancienne femme, qui voyait en chaque concurrente une menace à son couple pourtant déjà bien en ruine.

C'est grâce à un panneau devant lequel je passais tous les jours qui annonçait pouvoir changer radicalement ma vie, m'offrir une nouvelle fonction, prendre en charge ma vie sexuelle, que j'ai vu une porte de sortie à un quotidien qui m'écrasait un peu plus chaque jour.

Matriarchie m'avait rendu à la vie.

J'ai terminé l'auriculaire d'un seul geste, net et précis. Il était 10 h 15. Je devais être dans le quinzième en un quart d'heure. C'était jouable si je prenais quelques raccourcis, avant de rejoindre les quais qui devaient être fluides à cette heure-ci.

Diane me regardait en souriant tendrement, manifestement adoucie. Alors que nous étions dans l'ascenseur, direction la voiture, et que mon bras a effleuré son épaule pour appuyer sur le bouton rez-de-chaussée, j'ai émis un dernier souhait, sentant que ma fenêtre de tir était précaire :

« Vous savez, Madame, j'ai toujours été très heureux. Mais, il me reste encore un rêve : participer à une *orgie*... »

J'avais fait tapis : c'était quitte ou double. Je savais que certains matriors y participaient, parfois, sans en comprendre clairement les modalités de sélection. Les quelques rumeurs que j'avais entendues à la caserne étaient teintées d'une pudeur certaine, les participants avaient une obligation de confidentialité. Diane m'a répondu qu'elle verrait ce qu'elle pourrait faire.

Que cette journée était belle !

# ATHÉNA SOLLIPE

## CHAPITRE 11

Apolline est restée trop longtemps à la fenêtre pour que cela n'attire pas également mon attention. Ses grands yeux bleus fixaient avec détermination quelque chose au-dehors, aussi me suis-je approchée de l'immense baie vitrée encadrée d'or qui donnait sur Rivoli, afin d'observer à mon tour, l'objet de sa préoccupation. En un clin d'œil rapide, entre les motos et les piétons pressés, j'ai vu que la petite avait les yeux rivés sur la voiture de Marcel qui venait de se garer comme un sauvage, une roue sur le trottoir, devant le bâtiment.

Quelle garce ! À peine arrivée qu'elle mangeait déjà dans la gamelle des autres. Sans un mot, j'ai descendu les escaliers, en trombe. Marcel ne m'avait pas prévenue de sa visite et il était hors de question que je le laisse dépenser ses heures dans le lit d'une autre. J'ai filé dans les vestiaires de l'établissement, retrouver dans mon casier l'ensemble le plus provocant de ma garde-robe ; un soutien-gorge un peu push-up beige nude, un string de la même teinte accompagné de porte-jarretelles qu'il n'avait jamais vus encore. J'ai recouvert le tout d'un kimono vert clair de confection japonaise qui s'arrêtait à mi-cuisse, dévoilant des bas discrets couleur chair qui ceinturaient mes jambes d'un ruban de dentelle.

Je me suis accordé quelques minutes pour me refaire le visage, ajouter des faux cils, une ligne de rouge à lèvres, quelques coups de mascara. J'ai branché mon lisseur et ai donné à ma coupe tranchante une forme légèrement ondulée afin de dégager mes pommettes. Je me devais d'avoir le visage de celle devant qui on ne peut revenir qu'en rampant, la gorge remplie par les excuses et les regrets.

Je suis sortie la tête haute du vestiaire en me dirigeant d'un pas décidé vers Sam, au bar. Marcel passait systématiquement par ce spot, il ne pourrait pas me rater. J'ai posé une fesse sur le cuir vert bouteille du tabouret haut et j'ai demandé un verre, d'un signe de la main.

Mon Sam m'a servie en me prévenant: « Je crois que vous avez de la visite. »

J'ai souri et j'ai continué à l'observer tandis qu'il rangeait ses spiritueux dans la grande armoire derrière le comptoir. De cette façon, je tournais le dos à la foule. Ne jamais regarder ma proie a toujours été ma stratégie. Je voulais être celle que l'on chasse.

Une main s'est doucement posée sur mon épaule.

Je me suis retournée avec un sourire mutin.

« C'est bien vous, Athéna ? J'habite à côté, je voulais vous rendre visite. Je m'appelle… »

Diane Maurepas. Je l'ai coupée en lui disant qu'elle n'avait nul besoin de se présenter ; son visage était placardé dans tout le pays et sa grand-mère était plus qu'une figure historique pour moi, un vrai modèle. Elle a semblé soulagée, flattée peut-être même, de ne pas avoir à en dire plus long sur l'importance de sa personne. Et tout s'est éclairci, d'un coup : Marcel ne venait pas me rendre visite. Il venait déposer sa maîtresse.

Elle m'a demandé si je pouvais lui accorder quelques minutes. Alors que je n'avais pour compagnie que mon verre, il était difficile de le lui refuser. J'ai fait un signe de la tête à l'attention de Sam qui n'attendait que cela de ma part pour lui déposer une coupe de champagne.

Diane Maurepas s'est assise sur le tabouret face à moi, en scannant ma tenue et en jouant avec la fine tige en verre de sa flûte. Sa prestance m'a fait me sentir comme une conne. J'étais à moitié à poil, ficelée tel un saucisson dans des vêtements qui m'inventaient des rondeurs excessives. J'ai réajusté mon kimono vert clair pour diminuer mon décolleté et masquer la dentelle de mes bas. Tout ça était précaire, le moindre faux mouvement pouvait révéler une aisselle, un téton ou la ficelle du string. J'aurais voulu choisir une plus mauvaise tenue pour un rendez-vous avec un membre du gouvernement, je n'aurais pas trouvé mieux.

J'ai observé à mon tour celle que je soupçonnais être une potentielle rivale dans le cœur de Marcel. Bien sûr, elle en imposait et attirait à elle tous les regards. Son tailleur chic, certainement griffé d'un grand couturier, son dos droit et son port de tête presque robotique détonnaient avec la plupart de mes courtisanes, sauvages et indisciplinées. Mais son visage fin détenait un éclat que je n'avais pas su percevoir à la télé ou sur les photos. Elle semblait beaucoup plus vulnérable face à moi, sans fards, que lors de ses débats. Plus humaine, également. Ses escarpins noirs pendaient de la pointe de son pied, ses boucles se collaient à la sueur de son front et son regard émerveillé se baladait, en observant toute la décoration de la pièce la plus majestueuse de la Maison des Plaisirs.

« Les courtisanes et les courtisans sont-ils heureux ? Nous faisons tout ce que nous pouvons pour qu'ils exercent leur travail dans les meilleures conditions possible, mais vu de l'extérieur, certains pensent que l'on peut avoir du mal à s'épanouir dans ce métier... »

Avoir du mal à s'épanouir dans ce métier ? Les gens ont parfois de drôles d'idées ! Tout le monde sait parfaitement baiser sans désirer, c'est une expérience banale, ça peut sauver des vies de couple, ça évite de se condamner à l'ennui, tout le monde sait ce que ça fait, homme comme femme, surtout les femmes.

Nous ne sommes pas « un mystère » à percer. La prostitution est une expérience intime que nous avons tous déjà vécue, au moins une fois, sans en ressortir systématiquement traumatisés, en s'accommodant parfaitement des avantages que cela nous offrait, même si ce n'était pas toujours de l'argent.

Ça a fait rire Diane qui a plongé ses lèvres fines parmi les bulles.

« Nous sommes tous des putes, donc ? »

J'ai acquiescé, elle captait vite. À son regard vif, à la grâce avec laquelle elle portait sa coupe à sa bouche, à sa jambe fine croisée sur l'autre, à l'élégance de chacun de ses gestes, j'ai su que j'aurais pu en faire une courtisane d'excellence. Elle contenait ce mélange touchant entre la spontanéité d'une enfant et la force maîtrisée d'une femelle. Si seulement nous accueillions davantage de femmes de plus de 35 ans...

Et sans que cela n'ait de lien avec la discussion, je me suis mise à évoquer cet âge charnière. C'était la moyenne d'âge de départ en retraite, même si nous conservions les plus douées, parfois au-delà des 70 ans. Les courtisanes faisaient des carrières courtes, souvent passionnantes, où elles apprenaient plus sur l'humain que dans n'importe quel autre métier.

Les subventions de l'État payaient grassement ce service rendu, les vacances à 35 ans en faisaient rêver plus d'un, et je me devais de faire un travail d'écrémage constant. Être courtisane ou courtisan suscitait beaucoup de vocations, mais peu pouvaient réellement prétendre au talent nécessaire pour satisfaire les matriors. L'érotisme est un art que l'on porte en soi, au fond de ses tripes.

Je crois que Diane a été convaincue – soulagée, également – par mes explications que j'avais livrées dans une totale sincérité. Mais ici, tout a un prix. Je m'étais ouverte en espérant bénéficier du même traitement de sa part.

« En tout cas, nous prenons bien soin de votre matrior, Marcel. Je crois qu'il apprécie ses virées au sein de notre établissement, non ? »

Elle m'a répondu que Marcel était très pudique sur ses sorties, mais qu'il lui avait confessé aujourd'hui que la Maison des Plaisirs faisait partie de son équilibre.

« Je crois que vous faites un boulot formidable pour lui. Merci pour ça. »

J'étais euphorique. Ça tournait à trois mille à l'heure dans mon cerveau. Jamais Marcel ne m'aurait livré ce que Diane venait de me révéler. Jamais il n'aurait pu m'avouer qu'il avait besoin de moi. Jamais il ne m'aurait dit merci avec autant d'élan.

Soudain, son *smartleaf* s'est agité, elle a jeté un œil distrait au message qui s'y est affiché, s'est mise à sourire, puis m'a poliment demandé congé, en terminant le contenu de son verre d'un lever de coude sec et me tendant sa main, d'une manucure impeccable.

Je l'ai escortée jusqu'à la porte, en clopinant sur mes talons trop hauts. Elle s'est échappée avec des regards admiratifs pour chacun de mes hôtes.

Dans un autre monde, nous aurions pu être amies.

## FERNAND FUEGO
### CHAPITRE 12

« J'aimerais vous revoir. »

J'ai relu mon message vingt fois de suite en me demandant si la bêtise et l'audace qui m'avaient traversé, et poussé à envoyer cette phrase à Diane, n'allaient pas signer ma mise à mort. Qu'est-ce qui m'avait pris, bordel ?

J'aurais dû en rallonger le texte, y mettre mes doutes, l'inconscience de nos gestes, les conséquences politiques indéniables. J'aurais dû également y ajouter quelques mots sur le plaisir fou, et incomparable, que j'avais ressenti cette nuit-là. J'aurais dû y mettre de l'humour, aussi, pour que ça ne sonne pas aussi dramatique. Mais ce sont juste quatre petits mots et un point qui me sont venus en tête, puis qui ont brûlé mes doigts, comme un impératif.

Un truc sec, sincère, sans entourloupe.

J'ai passé ma main sur les poils qui émergeaient de mon menton, puis j'ai levé les yeux au ciel.

Tant pis, ce qui était fait, était fait.

J'ai refermé mon *smartleaf*, l'ai glissé dans la poche intérieure de mon duffle-coat pour ne pas avoir la tentation de le regarder toutes les minutes, l'ai accroché sur le portemanteau de l'entrée, et j'ai rejoint Thierry et Solange dans le salon. J'ai essayé de paraître détendu, affable, malgré la tornade qui me secouait de l'intérieur.

Heureusement, le couple s'était lové dans les bras l'un de l'autre, sur le sofa bleu, et semblait bien plus absorbé par la télévision que par mes états d'âme. Thierry s'enfilait des petits fours en laissant des miettes s'accrocher à sa barbe rousse, tandis que Solange lui caressait doucement le crâne, du bout des doigts. Un instant, je me suis imaginé avec Diane, vivre cette même scène banale de la vie de couple. Profiter d'une soirée télé à deux, comme si nous ne faisions plus qu'une seule personne, alors que les enfants sont couchés. Un avenir qui aurait pu être envisageable si nous n'étions pas rangés dans deux camps opposés.

Ils étaient sur une chaîne d'information, et j'ai reconnu que l'équipe de reporters se tenait devant la plus grande caserne de Paris, située dans la banlieue ouest. Les statues de marbre de jolis bustes de femmes grecques devant le porche étaient célèbres dans le monde entier.

Le son n'était pas assez fort pour que je puisse entendre la voix off expliquer de quoi il retournait – Solange et Thierry faisaient attention à ne pas réveiller les petites –, aussi j'ai demandé très doucement, en me rapprochant d'eux :

« Qu'est-ce qu'ils foutent chez les matriors ? »

Comme une chorégraphie, j'ai vu les deux têtes se retourner en même temps vers moi, les yeux ronds, comme si j'avais dit une grosse boulette.

« T'as pas suivi les infos ? Y a des matriors qui se mettent en grève ! s'est exclamée Solange.

— Pas trop fort, les filles dorment, s'est empressé de

répondre Thierry, en déposant un baiser sur la joue de sa femme. »

Des matriors qui faisaient grève ? J'étais clairement passé à côté de l'info. J'avais eu du mal à me concentrer toute la journée, j'avais répondu à deux journalistes au téléphone dans la matinée, aucun n'avait évoqué le sujet. J'avais soigneusement évité mes collègues, feignant celui qui est trop occupé pour ne pas qu'ils s'inquiètent de mon visage tiré et de mes cernes creusés. Je m'étais absenté en début d'après-midi pour une sieste, le manque de sommeil m'empêchait tout travail productif. Endormi, assommé, amorphe, et agréablement drogué aussi, j'étais obsédé par le souvenir de ma folle nuit avec Diane Maurepas. Et je faisais des erreurs.

Putain, si ça se trouve, c'était sa stratégie depuis le début ! M'attirer dans ses filets, me séduire, me baiser et me faire perdre la tête. Qu'est-ce que j'avais été naïf ! Qui invite son ennemi à l'hôtel autour d'un verre, merde ? Qui l'embarque dans sa voiture aux vitres teintées ?

Cette femme était un serpent dans la peau d'une biche ! Et moi, je me comportais comme la dernière des pucelles, fasciné par son intelligence, sa répartie et sa malice. Mais quel con !

« T'es pas un peu à côté de la plaque en ce moment ? On t'a vu chez Mazert et… le prends pas mal, mais ce n'était pas ta plus belle prestation. Mais là, le coup de la grève, ça peut remettre les compteurs à zéro. »

Thierry analysait finement la situation.

Je me suis assis en silence sur le fauteuil, près de la table basse, et me suis concentré sur les mots du présentateur.

Certains matriors réclamaient le droit de vote aux prochaines présidentielles et comptaient bien rester dans la caserne tant que ce droit le plus élémentaire ne leur serait pas accordé.

« Trop de risques de basculer dans un esclavagisme de plus en plus absurde ! » a affirmé un homme plutôt chétif au nez aquilin, habillé de son costume de travail noir, qui tenait une banderole « touchez pas à mon droit de vote ! ».

Le journaliste a poursuivi son enquête par une visite de la caserne qui démontrait que les conditions de vie des matriors n'étaient pas des plus à plaindre : les chambres tout confort étaient décorées avec un design moderne, les espaces communs avaient été équipés avec goût et le standing des voitures garées devant le porche était bien au-dessus de la plupart des hommes libres. Ils auraient voulu faire du recrutement de matriors, ils n'auraient pas pu mieux s'y prendre.

« Tu devrais inviter un matrior en grève à ta prochaine prise de parole ! Ça va les faire rager », m'a suggéré Thierry en reprenant un petit four posé sur la table.

Avec sagesse, j'ai répondu que « non ». Nous ne pouvions pas nous allier aux causes qui ont pour point commun de bousculer Matriarchie. Certains matriors étaient même de grands déçus par la vie de couple et la monogamie, et détestaient le Parti familial.

Non, ces abrutis étaient capables de voter pour Matriarchie, mais voulaient le droit de vote pour que l'on s'occupe de leur condition dans les programmes politiques. Réclamer plus de courtisanes ? Un jacuzzi dans la caserne ?

Leurs envies réelles restaient floues.

« Et t'as une meilleure idée ? » m'a lancé Thierry, sans réellement me regarder.

Je les ai observés tous les deux avec Solange, le visage happé par l'écran bleu, emmêlés l'un dans l'autre, les traits détendus. Quelques miettes se promenaient sur leurs vêtements et sur la table, près des prototypes de sextoys qui traînaient entre les petits fours, les peluches des mômes et les verres de vin.

Ils respiraient ensemble, s'émouvaient ensemble, apprenaient ensemble. Ils étaient le couple que tout le monde aurait voulu être, la parfaite symbiose. La preuve que la réussite était une affaire de complicité, de concession et d'amour.

## DIANE MAUREPAS

### CHAPITRE 13

« Heureusement que tu nous as ramené Marcel ! Ils font chier les matriors en ce moment avec leur grève à la con. J'ai eu deux désistements ce soir. »

Vêtue d'une robe de velours noir, Éléonore s'agaçait dans son entrée. J'ai indiqué à Marcel l'endroit où il pouvait poser son manteau, là où tous les invités se débarrassaient, dans un dressing dédié, au fond de son long couloir couvert d'un tapis népalais rouge sombre, et de quelques tableaux symboliques de la puissance féminine – dont un, majestueux, couvert de sang de règles – aux murs. Il est parti encombré de mes affaires, de mon sac à main de soirée, qu'il tenait dans une main, et de ma cape beige, dans l'autre, et je me suis avancée seule dans le vaste salon d'une hauteur sous plafond impressionnante, au milieu de la foule et des rires, sans l'attendre, persuadée qu'il saurait se présenter lui-même à l'assemblée. Des violons et quelques notes de piano accompagnaient les éclats de rire, les conversations feutrées et le bruit des talons qui s'entrechoquaient sur le sol. Je plaignais les voisins.

Fabienne m'est tombée dessus, la première. « Diane ! Enfin ! Quelle robe incroyable. » Un compliment qui masquait en réalité une envie pressante de me déballer toutes ses angoisses sur la situation politique interne. Elle m'a assommée d'informations sur le coût potentiel de la grève, elle comptait 30 % d'effectifs en moins.

« Y a des courtisanes et courtisans que l'on va devoir arrêter de payer si ça dure trop longtemps. On peut jouer sur cette peur-là, les matriors ont souvent beaucoup d'affect pour leurs petites aventures sexuelles. »

Elle n'arrêtait son flot de paroles que pour reprendre une gorgée de je ne sais quel liquide blanc dans son verre à pied, tenu entre la pulpe de son pouce et son index, comme une pince. Son nez bourbonien, son dos un peu voûté, ses boucles d'oreilles qui pendaient sur ses lobes distendus et son roucoulement ininterrompu la faisaient ressembler à un oiseau, de ceux que l'on trouve près des lacs. Un truc à long bec.

« Tu ne dis rien publiquement dessus ? Je compte sur toi. Mais on envisage sérieusement le scénario. »

Je n'avais pas tout compris, mais j'ai quand même opiné du chef avec l'expression de celle qui a bien retenu la leçon. J'ai jeté un coup d'œil rapide à mon *smartleaf* et au message de Fernand. Je l'avais lu, relu, détaillé une bonne cinquantaine de fois, comme s'il me fallait la preuve à chaque minute qu'il n'était pas le fruit de mon imagination.

Et puis « revoir », « revoir », « revoir » pour quoi ? Pour baiser ? Pour parler ? Pour s'enivrer ? Pour me soutirer des infos qu'il n'avait pas réussi à choper sur l'oreiller ? Me dire qu'il rejoignait Matriarchie grâce à moi ?

Si j'arrivais à le faire vriller en le fréquentant, ça ce serait un coup qu'Éléonore ne serait pas près d'oublier.

J'ai jeté un coup d'œil à notre lionne qui refermait sa lourde porte d'entrée derrière une femme qui devait avoir dépassé les soixante-dix ans, emprisonnée dans un manteau trop gros pour elle, certainement de la fausse fourrure. Éléonore a saisi mon regard au vol et s'est faufilée vers moi, d'une démarche chaloupée, un large sourire aux lèvres ; j'ai rapidement rangé mon *smartleaf* derrière mon dos, comme une gamine prise en faute.

« Je te l'emprunte cinq minutes ? »

Elle avait dû sentir mon ennui et venait à ma rescousse, me délivrer des griffes de Fabienne qui s'était lancée dans une énumération laborieuse des économies réalisables sur les Maisons des Plaisirs. L'œil coquin, Éléonore s'est accrochée à mon bras, en m'embarquant à l'écart de la foule, près de sa piscine intérieure.

« Alors. T'as couché avec lui ? »

Je suis restée sans voix, scrutant son visage amusé, sa paupière droite surélevée, le coin de sa bouche qui s'étirait. Elle ne pouvait pas avoir vu le message par-dessus mon épaule, elle ne pouvait pas avoir été mise au courant dans la journée, et par-dessus le marché, elle ne pouvait pas parler de Fernand sur un ton aussi badin. Mais de quoi parlait-elle, bordel ?

En arrivant dans le couloir qui menait vers sa piscine intérieure – encore vide à cette heure-ci –, elle m'a fait me retourner et attendre quelques secondes, dans le silence, comme si nous traquions une proie. Edmond, le journaliste que j'avais rencontré chez elle quelques jours plus tôt, s'est aventuré dans le couloir, nous a jeté un regard inquisiteur, accompagné d'une simple question :

« Euh… les toilettes ? »

Elle m'a lancé un regard appuyé, avant de lui rétorquer, avec aplomb : « Pour toi ce sera sur le balcon, chéri. Mes toilettes personnelles ont besoin de rester propres. »

Edmond s'est arrêté, interdit, choqué par l'attaque sexiste, avant qu'elle ne conclue :

« Enfin, un peu d'humour, non ? Porte de gauche, au fond du couloir. »

Edmond a tourné les talons dans un « merci » qui transpirait d'inquiétude.

« Il te mange des yeux depuis que tu es entrée ici et te suis comme un petit toutou ! Avoue. Vous avez couché ? »

Je lui ai fait des grands « non » de la tête, rassurée que sa folie s'oriente à nouveau sur une erreur d'appréciation.

Elle a alors tiré son œil avec son doigt, d'un air de dire qu'elle ne me quittait pas des yeux. Puis elle m'a embrassée sur le front, en me disant qu'il n'y avait rien de mal à « s'amuser un peu » pour contrebalancer le stress de l'approche des élections tant que cela n'affectait pas mon travail. Elle me trouvait un peu fatiguée, en ce moment. Et alors que sa sonnette résonnait à nouveau dans tout l'appartement, elle s'est éclipsée en direction de la porte d'entrée.

En repartant vers le salon, j'ai croisé Edmond qui m'a prise à part, manifestement ravi de nos échanges à la dernière *orgie*. Il était pressé de m'exposer toutes les avancées du dossier-fleuve qu'un journal exigeant lui avait commandé sur les coulisses de Matriarchie, en me demandant un avis sincère sur son titre : « "*Paris est une fête* aurait dû être écrit par une femme", c'est un titre sensass, non ? »

Bof, non, c'était trop long et trop complaisant – mais qui étais-je pour lui donner des conseils d'écriture ? J'étais moi-même briefée toute la journée sur ce que je devais dire ou ne pas dire, preuve indiscutable que je n'étais pas capable de discernement personnel.

Ça l'a fait rire, je l'ai trouvé touchant.

Nous avons échangé encore quelques idées, il était brillant et me donnait des infos que je n'avais entendues nulle part.

« Tu sais, peut-être que dans dix ans, il n'y aura plus de prisons en France. C'est pas in-croy-able ? Tout le monde aura purgé sa peine et il n'y aura pas assez de prisonniers pour les remplacer. »

Je me suis rappelé alors pourquoi j'avais eu un tel engouement la première fois que je l'avais vu : j'étais tombée en admiration de sa passion contaminante et viscérale. Il était d'un charisme fou. Puis nous nous sommes aventurés dans les couloirs d'Éléonore, direction les chambres, qui se remplissaient souvent en début de soirée. Les matriors étaient au service sexuel des femmes, celles-ci pouvaient tout leur demander et ils s'empressaient de réaliser le moindre de leur caprice. Les hommes étaient ainsi faits, la servitude sexuelle faisait partie de leur nature profonde.

En ouvrant la première porte d'une chambre encore plongée dans une semi-obscurité, j'ai jeté un regard curieux pour détailler le couple qui s'était déjà formé sur un lit sans drap, transpirant sur un matelas et une alèse blanche. On ne voyait qu'un dos rond, encore vêtu de son costume, plongé dans l'intimité d'une paire de jambes, très fines, presque squelettiques. Mes yeux s'accoutumaient à la faible lumière et je distinguais alors de plus en plus de détails, notamment le visage de la femme qui devait certainement être celle à la fourrure, au vu des rides très profondes qui marquaient son visage et ses gémissements, rauques et graves.

Puis la tête de Marcel s'est redressée pour essuyer d'un revers de manche sa bouche dégoulinante de fluides. Il avait manifestement réussi à se présenter et à s'intégrer facilement. Je lui ai tendu un petit pouce levé. Brave homme.

# MATRIOR MARCEL

## CHAPITRE 14

Qu'est-ce que Diane foutait avec ce type ? Une main sur la hanche, elle se tenait à côté d'un bellâtre, la trentaine, une sorte d'esbroufeur avec lequel elle échangeait des mots complices à voix basse, coincés dans l'entrebâillement de la porte. Deux ombres indélicates qui nous observaient copuler comme des animaux dans un zoo. À coup sûr, un de ses amants. Elle est repartie dans le couloir, dans sa superbe robe qui moulait à merveille son cul, en étouffant, je crois, un petit rire.

La vieille me lançait un regard noir, manifestement pressée que je reprenne mon labeur. J'ai alors exécuté mon travail, léchant comme je pouvais les plis et replis de son sexe fripé recouvert de rares poils qui parsemaient ses grosses lèvres. La langue bien plate, le geste long, je prenais grand soin à recouvrir toutes les parcelles les plus rosées de son entrejambe. Bizarrement, ça m'excitait bien. Surtout qu'elle avait conservé son soutien-gorge de dentelle tout en fleurs comme une petite touche de coquetterie. Je jouais avec la matière fine de ma main libre, tandis que l'autre écartait comme elle pouvait les chairs étales. Athéna me répète souvent que je suis le meilleur lécheur de toute la capitale. Et j'ai la faiblesse de la croire sincère. Aussi je m'étais promis de ne pas déroger à mon standing lors de ma première *orgie*. Voire de m'en faire une réputation.

La rombière poussait des hurlements similaires à un hibou affamé dans une nuit sans lune, une bande sonore digne d'un train fantôme que j'interprétais comme d'étranges encouragements à ma gymnastique buccale. Ses cuisses se sont croisées sur mon dos, appuyant mon action un peu plus profondément dans son odorante intimité. Cette position lui a fait craquer quelques os, quelques « tocs » discrets, comme de la vieille branche que l'on écrase en marchant en forêt. C'est marrant, ce corps qui vieillit en rêvant toujours d'immortalité.

Est-ce que j'avais réussi à exciter Diane, en étant affairé de la sorte ? Pas impossible, surtout si ma pie-grièche lui touchait deux mots de mes compétences autour du buffet. Diane songerait peut-être alors à remplacer son sextoy par l'aspiration de mon souffle et par l'expertise de mes mains ? Avoir la possibilité de goûter Diane, d'avaler ses fluides, d'énerver son ourlet – ce doux fantasme ne m'avait jamais paru aussi réaliste qu'aujourd'hui.

« Ah. Ah. Ah. » Ça y est, ça déchargeait dans la soupière de mamie. Ses griffes se sont agrippées à mon avant-bras en me lacérant la peau comme si j'étais un accoudoir de cinéma, sa tête s'est renversée en arrière et ses cuisses ont desserré leur étreinte de mes épaules.

Je me suis relevé à la recherche de la bouteille d'eau et du paquet de mouchoirs au sol.

« Tenez. »

Elle m'a arraché le tout des mains, a essuyé son sexe baveux avec quatre carrés blancs qu'elle a froissés puis jetés par terre – il ne faudrait pas que j'oublie de les ramasser. Elle s'est enfilé un demi-litre d'eau, dans des déglutitions saccadées et bruyantes, puis m'a dit:

«J'aime bien me reposer, après le sexe. Tu viens?» en tendant deux bras maigrichons vers moi.

J'ai posé ma tête sur sa poitrine aplatie par les années et recouverte de dentelle et ai soupiré d'aise. Jamais encore une femme de la Maison des Plaisirs ne m'avait utilisé réellement comme son jouet sexuel, sans hypocrisie, en s'abandonnant totalement, en exigeant et imposant ses envies. Même les dominas les plus affranchies ne pouvaient exprimer leur totale sincérité. Elles effectuaient une prestation pour ravir les pulsions les plus masochistes de leur client sans que cela ne coïncide réellement à leur aspiration personnelle. Un travail. Quant à Athéna, je savais qu'elle ne feignait pas son plaisir quand elle m'avait dans sa chambre, qu'elle ressentait des émotions très vives en ma compagnie. Elle me l'avait dit, plusieurs fois, et prouvé également et c'est pour cela qu'elle était devenue ma favorite avec le temps. Mais je savais qu'elle n'avait pas non plus le pouvoir de se refuser totalement à moi, que mes fantasmes et mes envies primaient sur les siens.

Ici, je me sentais pleinement à ma place, réconforté dans ces bras osseux, satisfait d'avoir donné un plaisir intense à une femme qui le désirait. Elle a passé une main dans mes cheveux, en me tapotant le crâne comme on récompense un animal de compagnie. Peut-être qu'à ses yeux je n'étais plus humain. Paradoxalement, je ne m'étais jamais senti aussi vivant.

Nous sommes restés enlacés une petite demi-heure comme ça, elle marmonnait par intermittence quelques commentaires aléatoires, tantôt sur des participants qui ouvraient et fermaient brutalement la porte de la chambre, comme s'ils dérangeaient, tantôt sur Éléonore et des amies qu'elle avait croisées à la soirée. Je me contentais d'acquiescer, je sentais qu'elle ne voulait pas entendre plus de mots s'échapper de ma bouche, juste un assentiment docile à chacune de ses phrases. Je servais de ponctuation à son monologue interne.

Puis, sans me prévenir, elle s'est levée et s'est rhabillée. Cela signait la fin de notre rencontre, très certainement. Je me suis baissé pour ramasser les mouchoirs imbibés et les ai jetés dans la petite poubelle recouverte d'un plastique noir, à côté de la porte.

J'allais sortir pour rejoindre les convives près du buffet avant qu'une femme, un peu grasse, d'une trentaine d'années, ne me bloque à la sortie de la chambre, euphorique, et certainement déjà un peu avinée.

« Mes pieds sont douloureux. Tu veux bien me faire un massage ? »

Sans attendre ma réponse, elle est entrée dans la chambre, s'est laissée tomber sur le rebord du lit, comme un pic, toute droite, et a exhibé ses deux jolis pieds vernis sortis de ses escarpins noirs. Alors que je m'approchais d'elle, une odeur mêlée de cuir et de transpiration, agressive et puissante, m'a asphyxié. Et excité. Je me suis mis à genoux, ai posé son pied odorant et potelé sur ma cuisse et j'ai commencé ma gesticulation de pouces dans le creux de la plante de ses pieds.

Sa bouche s'est arrondie et de longs gémissements de soulagement s'en sont échappés. Elle s'était appuyée sur ses bras tendus derrière elle, son cou était rentré dans ses épaules, faisant pendouiller un peu plus ses seins au-dessus de mon visage, comme deux tétines juteuses. Elle ne tenait pas bien droit, son corps basculait d'avant en arrière, tel un culbuto dont l'équilibre précaire se trouve dans le mouvement.

Ses orteils s'étendaient en suivant le rythme de mes pressions, tantôt totalement écartés, tantôt recroquevillés sur eux-mêmes quand j'appuyais sur un point de pression sensible.

Elle m'a indiqué l'emplacement d'un flacon d'huile, dans le tiroir de la table basse, près du lit, et je me suis empressé de l'étaler sur toute la peau grasse et humide de ses pieds.

« T'aimes bien l'art ? »

Oui – je ne savais pas trop où elle voulait en venir –, mais oui, j'aimais bien l'art. Sans que je m'y attende vraiment, elle a alors déroulé tout un discours, qui avait déjà dû être déblatéré à mille oreilles différentes tant elle s'accommodait seule des questions et des réponses ; son travail de l'intime artistique, sa volonté de rendre visible le dégoût, le sale, le « pas propre », et de le magnifier, le sublimer. Le cadre, c'est ce qui fait l'art.

« Tu connais Marcel Duchamp ? »

Elle a manqué défaillir quand je lui ai fait remarquer que je m'appelais Marcel moi-même, lui laissant croire à demi-mot à un hommage de ma mère à cet artiste du millénaire dernier. Elle a embrayé sur *Fontaine*, sa plus grande œuvre, volée à une femme, comme le patriarcat le faisait si bien à l'époque – avant de m'expliquer toute l'influence de cet artiste sur sa propre production picturale.

« Le tableau, avec les règles, dans l'entrée, c'est moi. »

Elle en était fière manifestement, puisqu'elle a attendu durant de longues secondes que je m'en émerveille. Ce que j'ai fait de bonne grâce. Puis je lui ai suggéré de réaliser le même avec du sperme de matrior.

« Mille branlettes, plus qu'une œuvre visuelle, une vraie performance », ai-je ajouté en mentionnant que je lui serais alors tout dévoué si elle se lançait dans un tel projet.

Elle a crié au génie puis s'est mise à brainstormer seule sur le titre de l'œuvre. Ça m'a fait marrer, l'alcool lui donnait une créativité intarissable.

J'aurais pu rester dans cette chambre des heures, à voir défiler des corps féminins différents me donner des ordres pour accompagner leur plaisir et leurs pensées.

Je me demandais également où avait pu filer Diane. S'était-elle enfermée dans une chambre avec son amant du jour ? S'était-elle jetée nue dans la piscine ? Devisait-elle politique avec Éléonore ?

Je n'en savais rien. Mais j'étais heureux.

# ATHÉNA SOLLIPE

## CHAPITRE 15

Trois jours, pile. Soixante-douze heures que Marcel n'avait pas refoutu ses pieds et sa bite rue de Rivoli. Je parierais gros qu'il s'est mis en grève. C'était même sûr. Il s'était absenté trop longtemps de la politique, de son ministère de l'Éducation, pour ne pas sauter sur l'occasion d'y replonger à la moindre brèche. Être un homme de pouvoir, c'est un état d'esprit qui ne lâche jamais. Je l'imaginais scander des slogans dans un haut-parleur, organiser ses troupes, prévoir un plan d'action avec la même fièvre qui l'emportait quand il était entre mes jambes. Les manches de sa chemise relevées au-dessus de ses coudes, il devait leader ses équipes d'une main de fer – sans dormir, en mangeant peu, et bien sûr, en faisant de la grève du sexe l'essence de son combat. Le pauvre.

*Je faisais partie de son équilibre.* Diane me l'avait assuré. Et j'en étais moi-même convaincue. Ça devait lui être tellement dur de se priver de moi. Je l'imaginais se branler toutes les nuits en pensant à nos retrouvailles. Quelle pression ! Je me devais d'être éblouissante à son retour : le piège de l'idéalisation, c'est la dure déception de la réalité.

Aussi, profitant du peu de fréquentation de la Maison des Plaisirs, et d'un manque d'envie de me battre avec les courtisans et les courtisanes qui se déchiraient les quelques matriors qui traînaient comme des fantômes entre les murs, j'ai décidé de changer d'air cet après-midi et de me rendre dans une boutique du quartier le surprendre par une nouvelle tenue. Je ne laissais jamais l'usure se répandre dans ma garde-robe.

Je suis allée dans les vestiaires me changer et troquer mes apparats de bête de sexe contre une tenue de ville plus convenable. J'ai enfilé des sandalettes à talon, laissant apparaître mes doigts de pieds flashy, ainsi que ma cape fluide pour masquer ma robe jaune en cache-cœur qui s'arrêtait au ras de la salle de fête et je suis sortie sous un soleil parisien éclatant. Les hommes de tout âge se retournaient sur mon passage et je soutenais avec insistance leur regard. Il y avait les jeunes, des taupes à lunettes étudiant à la fac d'art en face de l'établissement qui voyaient certainement en moi le joyeux mix entre leur maman et leur actrice porno préférée, les ouvriers sur les chantiers qui pilonnaient les trottoirs en considérant leur outil comme une extension de leur propre appendice, et puis il y avait, bien sûr, les bons pères de famille. Mes préférés. Ceux qui avaient beaucoup à perdre – un job cool, des enfants, une vie de famille riche – et qui étaient pourtant au bord du précipice quand ils passaient près de moi.

Convertir les hommes libres pour les transformer en des matriors serviles a toujours été mon plaisir coupable. Sans trop me vanter, je devais être à l'origine d'une centaine de conversions utiles à l'État français. Boire un verre avec eux, à la sortie de leur travail ou de leurs études, leur chanter monts et merveilles sur la vie de matriors, et les retrouver, une semaine ou un mois après, en train de lécher mes talons – docilement – rue de Rivoli. C'était là ma plus belle fierté. Et des victoires qui avaient pu me hisser aussi haut dans la hiérarchie de la Maison.

Je me suis arrêtée devant *Chez Estelle*, le magasin de lingerie dans lequel j'avais mes habitudes, celui qui renouvelait assez fréquemment sa collection pour se permettre de glisser régulièrement des pièces audacieuses parmi les indémodables brassières et slips. Des coupes inconfortables, mais terriblement excitantes, qu'aucune femme française n'a réellement envie de porter pour son usage personnel, mais dont les touristes raffolent pour sa promesse de vente : la « french seduction ». La culotte fendue, par exemple, ça c'est bien un truc que seule une Dubaïote – ou une de mes petites – était capable d'acheter avec un sourire idiot aux lèvres. Qui avait réellement envie de passer la journée la fente dégoulinante à éponger le fond pâteux de son pantalon ? Personne, sauf une nana qui peut espérer gagner quelque chose de la bandaison d'un homme. En observant la vitrine, et sa ribambelle de corsets échancrés rouges et noirs accompagnés de leurs porte-jarretelles assortis, je me suis dit que Marcel serait peut-être sensible à l'innovation.

Un truc plus sophistiqué, moins « m'as-tu-vu », une tenue à la Diane Maurepas, classe, des lignes épurées, un air de celle qui est là pour bosser et qui n'a pas de temps à accorder à la bagatelle. J'ai boudé *Chez Estelle* et suis entrée à l'enseigne d'à côté, du prêt-à-porter haut de gamme. Une musique classique pianotée, du Tchaïkovski j'imagine, un truc enjoué un peu pédale, virevoltait entre les différentes pièces dont on pouvait mesurer le luxe à la parcimonie avec laquelle elles étaient disposées sur les étagères. J'ai touché du bout des doigts les carrés de satin, les ceintures en galuchat, les pantalons de velours côtelé et les vestes en tweed qui s'exposaient sur un présentoir près de l'entrée.

« Je peux vous aider ? »

Une grande asperge maigrelette, la frange trop longue, le poil trop raide, me regardait d'un air de celle qui a repéré Alice passée de l'autre côté du miroir : je n'étais pas de ce monde, ça devait se voir d'une façon ou d'une autre. Elle mâchait du chewing-gum. J'avais interdit à toutes mes filles ce genre de confiserie, mais force est de constater que je ne pouvais pas imposer mes standards partout.

Elle s'est avancée vers moi en quelques grandes enjambées chassées. Son sourire laissait apparaître un bout de la gomme gluante rose collée sur sa molaire droite. Dégueulasse.

« J'ai ce qu'il vous faut. »

Mais bien sûr ! J'ai levé les yeux au ciel, mais me suis tout de même laissé faire, ravie de me retrouver le temps de quelques minutes dans l'agréable position d'une cliente à satisfaire. Elle s'est précipitée vers un présentoir au fond du magasin et en est revenue, triomphante, avec une combishort à fleurs vert pomme. Ça mâchouillait sévère en attendant mon approbation. Pile à côté de la plaque.

« Je souhaiterais quelque chose de plus… classe. J'ai un rendez-vous professionnel important. »

Elle s'est alors empêtrée dans des excuses mielleuses – habillée avec un patchwork de couleurs, elle pensait que j'aimais l'excentricité, surtout que, « soi-disant », j'avais la silhouette pour me permettre des tenues de jeunette. Quelle délicatesse. Elle a alors empilé des vestes de tailleurs, des jupes en simili-cuir, des chemisiers et des pantalons taille haute sur son bras gauche, et m'a demandé d'entrer dans la cabine d'essayage. J'ai essayé un premier accord : collant fin blanc, jupe crayon qui s'arrêtait pile au-dessus du genou, chemisier ouvert au deuxième bouton, et veste de costume over-size. Je suis sortie en collant à la recherche d'une paire d'escarpin. « Vous avez du 39 ? » Elle est revenue avec des souliers montés sur cinq centimètres, vernis à boucle plutôt sages, ainsi qu'un sautoir que je n'avais pas demandé, mais qui, « soi-disant », complèterait ma tenue à merveille. Elle était en roue libre. J'ai enfilé le tout, pour lui faire plaisir, et me suis approchée du miroir.

J'étais méconnaissable. Habituée à me voir tel un sablier, la taille habilement marquée par tout un tas de laçages, la poitrine outrageuse et les hanches généreuses, je m'étais transformée en rectangle. Mais un joli rectangle, un truc solide, fort, costaud.

« C'est pour plaire aux mecs ? »

Elle a mâchouillé derrière mon épaule sa drôle de question. Non, c'est pour un rendez-vous professionnel, il faut suivre, chérie.

« Parce que les mecs, c'est ça qui leur plaît. Le petit côté affirmé, masculin et désintéressé. Un homme, ça s'excite sur des créatures à jupe courte, mais ça n'aime profondément que son semblable. Croyez-moi, c'est comme ça que je l'ai eu mon Romain. »

La voilà qui me donnait maintenant des conseils vestimentaires pour séduire la gent masculine. On avait officiellement touché le fond.

Merci bien, j'ai vingt ans de métier, et si je peux moi aussi vous donner un conseil, vous feriez mieux de retirer votre vilain bout de latex rose du bec. Les capotes, c'est sur les bites, par sur les lèvres. Elle m'a regardée de ses deux grosses billes à travers sa petite touffe plate, a émis une éloquente déglutition et est retournée derrière la caisse, sans un mot de plus. Pourvu que ça ne lui crée pas d'aigreurs d'estomac.

Je suis allée la rejoindre et ai posé le monticule d'habits sur le plan blanc laqué. Je prends le tout. Sauf le sautoir. Oui d'accord, ça me donne un petit côté Coco Chanel. Mais non, le toc, c'est pas mon truc. Oui, je sais, elle était féministe. Collabo, aussi. Ah, vous ne saviez pas ? Comme quoi, la vie est pleine de surprises. Ça fera combien ?

# FERNAND FUEGO

## CHAPITRE 16

J'allais en prendre un pour taper sur l'autre, mais je ne savais pas encore dans quel ordre.

« Alors, voilà. Vous appuyez ici. Oui, ici, juste ici, et... »

Thierry n'a pas eu le temps de finir sa phrase que la bête holographique s'est échappée du sextoy, sous les hurlements admiratifs du public. Son chibre énorme pointait vers une chroniqueuse aux cheveux courts et verts qui a poussé un petit cri enthousiaste en frappant dans ses mains. Elle trouvait ça hyper réaliste et hyper excitant, s'émerveillait sur la folie des détails de l'étrange créature qui était en face d'elle.

« Le gland est carrément bien fait ! Ça bave. Et j'adore les veines qui ressortent comme ça. C'est du combien de centimètres ? »

Donc les journalistes, au-delà de s'éloigner clairement de leur sujet d'enquête, avaient aussi délaissé la syntaxe française. Depuis le banc des spectateurs, j'essayais de faire les gros yeux à Solange pour qu'elle se rappelle sa mission. Cette émission, dont je connaissais les audiences modestes, était essentielle pour réaffirmer les valeurs du parti. Solange et Thierry incarnaient le couple idéal, il me fallait rendre public leur témoignage.

Je crois bien que Solange a vu un de mes signes et elle a repris la parole pour déblatérer son discours que nous avions répété ensemble, une bonne dizaine de fois.

« Nous sommes très amoureux, vous savez. Nous ne pourrions rien faire l'un sans l'autre. C'est pour cela que nous avons monté cette société de…

– Et donc, il y a d'autres fantasmes possibles ? »

La chroniqueuse capilo-colorée ne voulait pas démordre du *Lovewoman*, et s'éloignait sans aucun scrupule des « bénéfices insoupçonnés du mariage » qui était pourtant le sujet de leur émission. À vingt ans, ses hormones devaient parler à la place de ses neurones. Je pensais que quelqu'un dans l'oreillette allait la faire rentrer dans le droit chemin, mais non. Thierry n'a pas pu s'empêcher de lui montrer durant de longues minutes toute la palette que ses designers avaient développée : la bête poilue a laissé place à un pompier au tuyau d'arrosage géant, puis à deux beaux jumeaux torses nus, muscles saillants, en bas de pyjama, qui se tripotaient les pectoraux, et enfin à une femme de la quarantaine aux formes très généreuses. Le chauffeur de salle lançait des applaudissements à chaque nouvelle apparition holographique, et une musique entraînante accompagnait le trémoussement des images, on se serait cru à un concert de DJ Baby B. La chroniqueuse se demandait s'il n'était pas trop difficile de se masturber tout en regardant les personnages évoluer autour de soi, avant que la présentatrice l'interrompe, un peu gênée par la question de sa collaboratrice (« bon, assez parlé de cul Gina ! ») pour demander à ses invités ce qu'ils pensaient de la grève des matriors.

C'était le sujet d'actualité dont tout le monde parlait, ils avaient forcément un avis là-dessus.

J'ai prié intérieurement pour qu'ils disent quelque chose d'intelligent. Ils ont avancé une réponse molle; une grève absurde dont ils ne comprenaient pas vraiment les tenants et les aboutissants, d'autant plus que leurs conditions de vie n'étaient pas à plaindre, mais que cela révélait peut-être les failles du pouvoir politique en place et que le Parti familial représentait certainement une alternative idéale. Enfin, selon eux. Il n'y avait pas vraiment de lien logique entre leurs différents points, et quand elle leur a objecté que le Parti familial comptait fermer les Maisons de Plaisir, et donc imposer une abstinence forcée aux matriors, ils n'ont rien répondu. Ce n'était pas vraiment leur fort, la politique. Profitant de ce moment de mou, la présentatrice a reformulé leur pensée:

«J'imagine que vous devez être ravis de Matriarchie: vous n'auriez jamais pu espérer avoir autant de clientes sous le patriarcat!» a-t-elle exprimé tout en rigolant, puis en leur demandant poliment de se lever pour rejoindre les coulisses.

J'étais furieux, et je me suis empressé de les suivre dans les loges. J'ai attendu qu'une nana de la production, baskets-queue-de-cheval, finisse de les démaquiller et que nous soyons seuls, avant de fermer la porte et de sortir les mots qui étaient restés bloqués dans ma gorge pendant cette longue et pénible demi-heure de direct.

«C'était un discours pro-Matriarchie, en fait? Heureusement que les femmes ont plus de fric que les hommes, ça fait marcher votre business...»

Thierry et Solange se sont regardés, l'air étonné de ceux qui pensaient avoir bien fait, sans savoir où je voulais en venir. J'ai conclu, de façon brève et tranchante :

« Je ne vous ai pas invités pour que vous fassiez la promotion de votre jouet. »

Le regard de Solange s'est métamorphosé en quelques secondes, sa tempe droite s'est agitée, sa peau pâle s'est assombrie, ses narines se sont dilatées et elle s'est levée d'un grand coup de sa chaise :

« Écoute Fernand, tu sais ce qu'il nous a coûté *notre jouet* ? Tu connais les risques qu'on a pris ? Les dettes personnelles, les nuits blanches, les doutes, les sacrifices ? Non, bien sûr. On reste discrets, ça nous regarde, on ne s'est jamais plaints. En revanche, ne nous demande pas de nous taire quand on a l'occasion de pouvoir faire des ventes supplémentaires. »

J'ai voulu lui toucher le bras pour la calmer, mais elle m'a repoussé dans un mouvement brusque que je ne lui connaissais pas.

« On n'est pas en train de jouer au Che Guevara, tu vois ? On a besoin de ce retour sur investissement. On en a BESOIN. Et toi aussi, pour le parti. Joue pas au petit con qui croit que ses idéaux sont plus importants que tout le reste. »

Un silence pesant s'est instauré entre nous, j'ai mordu ma lèvre en secouant la tête. Je ne savais pas quoi lui dire pour que la situation redescende, je n'arrivais pas à trouver les mots doux et apaisants, les mots pansements. J'avais envie de tout cramer, de leur dire que je n'étais pas là pour vendre du silicone rose, que le modèle familial allait s'effondrer si on ne le prenait pas un minimum au sérieux. Que leur putain d'aspirateur à jeune fille en fleur était bien moins important que la joie qu'ils avaient réussi à créer dans leur famille, que ça leur avait demandé aussi des sacrifices et des nuits blanches. Mais rien n'est sorti de ma gorge asséchée par la colère.

« Tu sais pourquoi t'arrives pas à te trouver de copine ? C'est... »

Thierry s'est levé à son tour pour interrompre sa femme en la prenant par la taille avant qu'elle n'assène le fond de sa pensée. Nous étions partis sur le glissement dangereux des quatre vérités et j'ai remercié intérieurement mon meilleur ami d'avoir eu le courage de ne pas avoir laissé Solange s'y engouffrer. « Ting », mon *smartleaf* a vibré dans la poche de mon pantalon, et j'y ai jeté un œil, pour m'échapper de cette pénible discussion.

« Rendez-vous chez moi ce soir. 20 heures ? »

J'ai éteint immédiatement l'écran, abasourdi par ce que je venais de voir. Ou plutôt par le nom de l'auteure du message et parce que j'en étais l'heureux destinataire. J'étais un abruti. La voilà, la seule vérité. Je n'arrivais pas à me trouver une copine parce que j'étais un abruti, obsédé par une femme qui ne m'aimerait jamais et qui jouait avec moi comme on épuise un petit chaton avec une pelote de laine.

Je ne méritais pas une attention plus longue de la part de mes deux amis, aussi je leur ai souhaité une bonne fin de journée et je suis parti sans me retourner. Je crois que Solange m'a traité à nouveau de con. Autant me l'avouer, elle avait foutrement raison.

## DIANE MAUREPAS

### CHAPITRE 17

« Tu sais, la famille, ça peut prendre plusieurs formes. Ma mère a été délaissée par sa propre mère, elle n'a pas su me gérer quand je suis venue au monde. C'est Éléonore qui m'a prise sous son aile et qui m'a tout appris. »

J'observais ses petites fossettes se creuser alors que je me livrais à lui, consciente des risques que je prenais. Je savais que lui dévoiler une partie de mon histoire personnelle pouvait s'avérer très dangereux, mais je me sentais à ma place, dans ses bras. À la fois écoutée et comprise, sans être jugée. J'ai repassé ma main dans les poils de son torse et j'ai humé son parfum. J'étais droguée de lui, encore sous le coup des délicieuses hormones du sexe. Il m'avait baisée durement et longtemps, dans de grands à-coups, en levrette, et j'avais adoré ça.

Il m'a répondu que nous avions beaucoup plus en commun que ce qu'il avait imaginé : il avait été négligé par sa mère lui aussi. Mais personne n'avait vraiment pris soin de lui. Il avait dû se construire seul, avec une mère alcoolique et dure qui lui rappelait chaque jour à quel point elle détestait les hommes. « Nous avons coupé tous les ponts aujourd'hui », puis il s'est tu, honteux et pensif.

Je suis restée un instant inerte, choquée de cette révélation si intime, puis je l'ai enlacé en écrasant mes seins laiteux sur son torse. Jamais je n'aurai pu imaginer que Fernand était un homme qui avait souffert de son enfance ; il semblait si sûr de lui, si déterminé dans le moindre de ses actes, que la fragilité lui semblait totalement étrangère. Et je venais de comprendre que c'est ce qui l'avait construit.

Il a continué à se livrer, posément, sans vouloir me convaincre, en déroulant le fil de ses pensées ; si le parti familial avait été au pouvoir, jamais sa mère n'aurait pu le délaisser, elle aurait accueilli sa venue au monde avec amour. Aucun enfant ne se serait senti abandonné et rejeté. C'était Matriarchie qui était responsable de cet individualisme féminin assumé.

À son ton sec et détaché, j'ai senti que cette conclusion avait été répétée maintes et maintes fois, à tel point qu'il n'en doutait plus et qu'il l'avait intégrée comme une vérité qui ne souffrait aucune contradiction.

Je me suis retournée dans les draps en lui rétorquant qu'on n'en savait rien. Je me doutais qu'il devait y avoir un fond de vérité dans son raisonnement, mais je n'avais pas la force de réfléchir à de meilleurs contre-arguments. Cela ne me concernait pas, j'aimais ma fille Alice – et je n'avais pas envie de réfléchir à la politique, pas maintenant.

Il a regardé l'heure sur son *smartleaf*.

« Bientôt 6 heures », il faut que je parte.

Le soleil qui filtrait à travers les volets fermés illuminait d'un jaune orangé son dos pâle et je l'ai regardé avec attention enfiler maladroitement son caleçon, les gestes encore engourdis par sa courte nuit. Je voulais retenir son image pour toujours, pour pouvoir la regarder à nouveau quand il ne serait pas là, me mettre à sourire en son absence. Je ressentais un besoin absurde de le photographier avec ma mémoire. Il venait déjà de remettre sa veste et, en se penchant près de moi pour récupérer le préservatif rempli et noué, m'a embrassé du bout des lèvres, dans un baiser sec qui disait tout à la fois : son empressement, son plaisir et l'absurdité de notre relation. Il a fermé la porte, et je me suis laissé tomber sur mon oreiller. Son côté du lit était recouvert de taches douteuses : du blanc postillonné en petites auréoles éparses, comme une fine pluie lactée, du rouge, un peu séché, en un long filet, sur le bord du matelas, et un peu de fond de teint sur l'oreiller. Quelle œuvre. Marcel, lors de sa lessive, sera content.

Je n'ai pas pu dormir plus de deux heures, j'avais rendez-vous dans les studios d'un énième plateau de télévision ce matin. Ma tête était lourde, chaque mouvement me demandait un effort surhumain. J'ai ouvert le frigo, ai englouti le smoothie préparé par Marcel, comme il avait l'habitude de le faire quand je dormais encore alors qu'il emmenait Alice tôt à l'école. Les agrumes et les glaçons ont éveillé mes papilles pâteuses et m'ont instantanément remis les idées en place. J'ai regardé l'heure qu'il était – pas le temps de me masturber bien que le souvenir encore frais de Fernand et ses à-coups dans mon dos me donnaient des fourmis dans l'entrejambe et un abruti de sourire sur les lèvres. J'ai pris une douche chaude en vitesse, ai enfilé mon tailleur et me suis ruée dans la berline de Marcel qui m'attendait en bas de l'immeuble.

Nous avons filé en trombe dans le sud de Paris, à Boulogne-Billancourt, et j'ai profité du trajet pour relire mes fiches ; nous avions rendez-vous pour un débat avec un des porte-parole de la grève des matriors.

« Marcel, tu connais un certain Johan ? Il est de ta caserne. »

Il m'a regardée dans le rétroviseur, en plissant les sourcils, et en me répondant que c'était un homme de petite taille, plutôt chétif, le visage nerveux, un bonhomme assez bavard qui adorait sympathiser à la cantine et qui avait un mot gentil pour tout le monde, même ses maîtresses. Pas un mauvais bougre.

J'ai passé ma langue sur mes lèvres en priant pour que ça se passe bien. Éléonore serait certainement devant son *smartleaf* à me regarder, elle comptait sur moi dans ce moment décisif pour la campagne.

En sortant de la berline, Marcel est venu m'ouvrir la porte et j'ai vu son regard scruter mon visage d'un air réprobateur. Les cernes de la nuit dernière devaient encore décorer mes yeux de leur violet habituel.

« Diane, si je peux me permettre un conseil, je pense que ce n'est pas le moment de vous accorder des heures supplémentaires. Les *orgies* sont bien assez pénibles, pas besoin d'en ramener des petits copains… »

J'ai vu à son regard affolé que Marcel regrettait d'avoir laissé cette dernière phrase s'échapper de ses lèvres et qu'il sentait qu'il avait franchi une limite. Nous avons laissé un silence s'éterniser entre nous, puis je suis sortie sans lui répondre, le laissant claquer la porte derrière moi, puis me suivre docilement, quelques mètres à l'arrière. Voilà qu'il avait un avis sur ma vie intime, quelle cruche j'avais été de l'inviter dans cette soirée ! Éléonore a toujours eu raison au sujet des matriors ; ne jamais leur donner le doigt si on ne voulait pas qu'ils vous bouffent la main entière.

Un jeune homme aux traits asiatiques, sublime dans un costume à paillettes, m'a accueillie à l'entrée et m'a escortée jusqu'aux loges. Je suis passée à la case maquillage, ai échangé quelques courtoisies avec l'équipe présente très intéressée par la marque de mon tailleur, et ai suivi à nouveau l'homme-boule à facettes jusqu'aux abords du plateau, dans l'ombre des gradins du public. Face à moi, de l'autre côté du plateau, dans l'ombre également, j'ai deviné la silhouette chétive de Johan, une trentaine d'années, le crâne déjà bien attaqué par l'assèchement capillaire, qui se balançait d'un pied sur l'autre. Comme il se regardait entortiller ses doigts, tout en se parlant à lui-même, il ne m'avait pas encore vue – sa nervosité était palpable, et j'ai immédiatement ressenti beaucoup d'affection pour cet homme guidé par son courage plus que par ses inhibitions. Il est si facile de rester dans son inconfortable routine.

Une musique entraînante a soudain retenti dans la pièce, les applaudissements rythmés du public se sont échauffés et les projecteurs sont venus nous chercher tous les deux. Nous sommes rentrés au même moment sur le plateau, dans un rayon de bleu vert éclatant, de part et d'autre du présentateur, comme deux fauves dans l'arène. Il était clair que j'avais l'avantage de l'expérience et que le seul rôle qu'il m'était possible d'endosser était celui de l'empathie. Il fallait qu'il parle, il fallait que je l'écoute, ainsi nous aurions tous les deux gagné la partie.

Le présentateur a expliqué brièvement le contexte de la grève, a souligné que peu de personnes comprenaient leurs revendications de façon claire, et a demandé à Johan de plus amples explications. Impressionné par toute cette attention médiatique certainement inhabituelle, il a pris une grande inspiration et a entamé son discours dans un débit empressé.

« C'est très clair, pourtant : je n'ai pas remis les pieds à la Maison des Plaisirs depuis un mois et demi. Non pas à cause de la grève, à cause de ma maîtresse. Elle me fait du chantage ; je dois faire le double de ce que je suis censé faire pour avoir une note suffisante. Ras-le-bol du monopole des notes. On veut des droits, à commencer par le droit de vote. »

Le public a émis des « ouh » de désapprobation et je lui ai lancé un regard que je voulais compatissant. Il n'avait pas l'air de quelqu'un qui rechignait à la tâche et son explication semblait sincère. J'ai laissé le public se calmer et le présentateur me donner la parole, avant d'avancer ma réponse, calme, posée.

J'ai rappelé qu'il m'était impossible de leur octroyer le droit de vote, que cette condition était fondatrice de Matriarchie et que je ferais honte à ma grand-mère si je cédais sur ce point. Mais j'entendais sa plainte, légitime, et la trouvait également insoutenable. Aussi, nous allions ajouter dans notre programme un minimum garanti de temps passé à la Maison des Plaisirs pour chaque matrior. Johan avait raison, les Maîtresses et les Maîtres ne pouvaient pas avoir un rapport tout puissant.

J'ai vu le regard de Johan briller, je crois que j'avais fait mouche.

Le public a applaudi.
Éléonore serait fière de moi.

Sur le chemin du retour, j'ai demandé Marcel de me déposer à la Maison des Plaisirs située à quelques centaines de mètres de mon domicile. Alors qu'il garait la voiture sur le trottoir, je lui ai dit d'un ton sec : « Non, ne m'attends pas, je te donne ton après-midi. Je rentrerai à pied. »

J'ai vu dans le rétroviseur son sourcil, perdu. Il cherchait quelques mots d'excuses manifestement. Trop tard. Je voulais qu'il comprenne que ses commentaires et ses intrusions dans ma vie privée n'étaient plus tolérables.

Je suis sortie du véhicule la tête haute, la démarche assurée, je suis entrée par l'immense portail de l'ancienne Samaritaine sans regarder derrière moi et je me suis dirigée comme une flèche vers le bar.

L'endroit était presque désert à l'heure du déjeuner, en particulier dans ce contexte de grève – et j'ai été très étonnée d'entendre mes propres pas résonner en ricochant sur les murs.

Athéna revenait manifestement d'emplettes, elle avait les bras chargés de sacs d'une marque de luxe que j'affectionnais moi aussi. Cette femme avait un goût indiscutable.

« Madame Maurepas ! Quel honneur ! », s'est-elle écriée en me voyant, comme si nous étions des amies de longue date.

Elle a posé au beau milieu de la pièce son chargement et est venue à ma rencontre me serrer chaleureusement la main. Nul doute qu'elle savait parfaitement mettre à l'aise les inconnus.

Intimidée par son aplomb, j'ai immédiatement bafouillé la raison de ma visite :

« Je cherche à faire cesser cette grève stupide... aussi ai-je évoqué dans les médias une notion de "minimum garanti" d'heures passées au sein des Maisons des Plaisirs pour tous les matriors. Vous savez, pour que ça évite à certaines maîtresses d'avoir la main lourde... sur les notes. Qu'en pensez-vous ? »

Elle m'a souri immédiatement, une expression qui témoignait à la fois de son soulagement et d'une forme d'admiration.

« Je pense que c'est brillant. »

J'ai souri à mon tour, comme une idiote à qui l'on viendrait de répondre un « je t'aime moi aussi ». Elle a repris le cours de la conversation et m'a expliqué à quel point cette mesure pourrait faciliter leur planning et mieux anticiper leur activité. Et puis, elle adorerait voir plus souvent « ses petits chouchous », selon ses termes. Elle parlait fort, en faisant de très jolis gestes avec ses mains fines et ses lèvres ourlées m'offraient un ballet des plus sensuels. J'ai pensé un instant que nous aurions dû échanger nos places sur les plateaux de télévision. Elle avait le charme, l'animalité, la spontanéité qui me manquaient.

J'ai acquiescé à chacune de ses phrases, mais je ne pouvais pas m'éterniser plus longtemps.

« Que faites-vous la semaine prochaine, en soirée ? Je serais ravie de vous convier à une *orgie*. C'est un très joli événement où nous nous réunissons entre femmes politiques, je suis sûre que vous vous y plairez... »

Elle a accepté d'un signe de tête. L'affaire était conclue.

J'ai pris congé d'elle, le cœur plus léger, en ne regrettant pas une minute d'avoir libéré Marcel plus tôt pour m'offrir une promenade. Qu'il est bon de marcher dans les rues de Paris quand le temps est si doux...

# MATRIOR MARCEL

## CHAPITRE 18

« Tu connais Marcel Duchamp ? »

Maman était en train de sortir le gratin aux courgettes du four et s'est retournée d'un coup vers moi, le plat en aluminium dans une manique, un torchon taché de gras dans son autre main. Elle a posé le tout sur un sous-plat en bois et a arrangé une mèche frisée grisonnante qui s'était échappée de son chignon.

« Qu'est-ce que tu vas me raconter encore mon petit ? C'est qui celui-là, encore ? »

Malgré mes cinquante ans largement passés et mon mètre quatre-vingts, maman m'appelait encore « mon petit » avec toute l'ironie de voir son enfant qui entamait doucement le crépuscule de sa vie. J'étais son fils unique, elle était ma reine – et malgré ce temps qui passait chaque jour un peu plus vite et qui aurait pu rouiller notre relation, nous conservions cette discipline, celle d'incorporer un peu de malice à chacun de nos échanges.

Je lui ai expliqué deux-trois œuvres de l'artiste, elle a haussé les épaules en me disant de manger avant que ça ne refroidisse. Elle a toujours été comme ça, maman. Toujours à vouloir le meilleur pour moi – jusqu'à mon prénom qui, s'il ne m'avait pas été donné en référence à un grand nom du dadaïsme, n'en était pas moins un homme qu'elle avait aimé et qui est mort à ma naissance. À mon père que je n'ai jamais connu, Marcel.

Elle m'avait tout appris pour deux, Maman : la passion de la cuisine, avoir une hygiène de vie non négociable, se lever tôt pour voir le soleil chasser l'obscurité, la nécessité de vivre heureux, celle de prendre soin des autres, et surtout, à rire de tout, surtout de moi. C'était une femme qui débordait d'une générosité contagieuse.

« Tu déjeunes ici parce que tu es en grève ? Ils en parlent beaucoup, dans les émissions… »

Je lui ai fait non de la tête, la bouche pleine de légumes et de fromage chaud. Je ne pouvais pas lui expliquer qu'à cause de ma dernière bourde, Diane m'avait congédié très tôt et que j'avais besoin d'un peu de réconfort. Aussi je lui mentis en lui disant que grâce à mon excellent travail, j'avais gagné plus d'heures de congé, tout en la rassurant : la grève allait très certainement bientôt se terminer. En tout cas c'était les bruits de couloir à la caserne.

« C'est déli-chieux, maman, tu me gâtes comme à chaque fois.

— Et comment va ma petite Alice ? »

J'ai souri à l'évocation du prénom de l'insupportable chipie de Diane. Je lui ai dit qu'elle aimait m'appeler « mon petit papa » pour s'amuser, quand nous étions sur le trajet de la voiture et qu'elle savait que Diane n'écoutait pas. Elle avait de bonnes notes à l'école, sa mère y était très attentive, mais elle pouvait se montrer assez indisciplinée et sans grande tendresse avec les garçons de sa classe. Et puis elle avait le sens de la manipulation hérité de la longue lignée des femmes Maurepas.

J'ai observé le sourire en coin de ma mère qui piquait joyeusement dans son assiette en m'écoutant lui brosser le portrait de la jeune fille.

« Quoi ?

– Laisse-lui le temps ! Ce n'est pas si facile, tu sais, d'apprécier les hommes. C'est avec les années que l'on en comprend vraiment l'utilité… »

J'ai fait mine de me rembrunir et elle s'est mise à rire, dans des petits spasmes aigus, fière de sa pique : « Oh mon tout petit… » s'est-elle exclamée, doucement, pour se racheter.

Avoir une mère aussi pétillante passés les quatre-vingts printemps était hors du commun, je le savais bien. Je lui ai pris tendrement sa toute petite main, aussi légère et fripée que du papyrus et j'y ai posé mes lèvres brillantes de comté fondu. Elle m'a regardé gravement dans les yeux et a lâché sa bombe :

« Tu sais, je suis si fière de toi. »

Je me suis replongé dans mon assiette, gêné et honoré. J'étais un matrior, un simple matrior qui avait troqué tous ses droits les plus élémentaires contre du sexe, mais maman s'en foutait. Je savais qu'elle était fière de moi parce que je m'étais obligé à être heureux. Et que ce choix de vie, quoique l'on en pense, était nécessairement le plus courageux. Elle m'avait soutenu à toutes les étapes, à tous les moments ; à mon diplôme, à mon mariage, à chaque promotion professionnelle, à mon changement radical de vie, à chacune de mes peines, à chacun de mes virages.

Elle était ma reine.

C'était moi qui étais fier d'elle. Mais les enfants disent rarement ça à leurs parents.

« Alors comme ça, tu es papa ? »

J'ai souri, Maman mettait toujours le doigt là où ça chatouillait, où ça fait un peu mal et un peu de bien en même temps. Je lui ai dit que je ne savais pas trop, que grâce à moi Alice savait faire les crèmes brûlées sans se brûler, que j'avais séché quelques-unes de ses larmes sans qu'elle ne sèche jamais le moindre de ses cours. Que je ne lui ai jamais laissé dire du mal de sa mère, ni même le penser, que je ne savais pas trop ce que c'était un père, mais je pense que ça devait ressembler à ça.

Elle a eu un hochement de tête amusé. Assurément, ça devait ressembler à ça.

« Tu as des nouvelles de M.H. ? »

M.H., c'était mon ancienne femme. Une pharmacienne de quartier de laquelle j'étais tombé éperdument amoureux très jeune, du fait qu'elle officiait dans des chaussures à talon magnifiques – ce qui est, somme toute, une très mauvaise raison pour se marier – et Maman, flairant mieux que moi le loup, ne l'avait jamais vraiment appréciée. Et depuis que nous avions divorcé, elle l'appelait par ses initiales. L'histoire est toute bête : Mélanie avait conservé l'utilisation de mon nom de famille bien après le divorce, délaissant son nom de jeune fille, un peu par déni de la rupture, un peu par malveillance – ce qui fait que nous avons encore les mêmes initiales. Ça m'avait un peu énervé au début, ça me sautait aux yeux quand on paraphait au même endroit nos papiers de séparation, de résiliations d'abonnements divers et de ventes de biens communs. M.H. & M.H.

Comme si nos signatures criaient tout haut que nous n'étions pas « vraiment » séparés. Ça avait amusé Maman qui, depuis, l'avait baptisée M.H.

« Non ! Je n'ai plus de nouvelles et je ne lui en donne pas non plus. Affaire classée. On passe au dessert ? »

## ATHÉNA SOLLIPE

### CHAPITRE 19

Les filles et les quelques têtes masculines étaient alignées en rang, au garde-à-vous. Presque en apnée. Je déambulais au milieu de mes troupes en véritable cheffe de guerre prenant un plaisir certain à faire claquer au sol mes élégants cinq centimètres vernis. Ça résonnait fort dans l'entrée de la maison, ça imposait une cadence qui me plaisait. Clac. Clac. Clac.

Je voyais à leurs têtes qu'ils s'émerveillaient tous de ma nouvelle tenue sage, de bonne facture et d'un érotisme finaud. Ce n'était peut-être pas le style de la maison, mais c'était ma mode du moment, chic et classique. Comme une hôtesse de l'air d'une compagnie aérienne de renom.

Apolline m'a lancé un petit regard envieux, je l'aurais parié. Je me suis approchée d'elle comme si elle avait fait une connerie, j'ai saisi son bras, inspecté ses doigts et ses ongles, un petit bout de son vernis s'était écaillé. Elle les a alors cachés derrière son dos, un peu honteuse. Ils étaient tous sous tension, parfait.

Je voulais commencer mon discours par « nous ne sommes plus en guerre », mais je n'aimais pas ce mot. La guerre profite aux hommes, toujours. Elle leur donne un rôle social, une importance absurde, les femmes en sont constamment exclues, ne pouvant s'opposer physiquement. Sans la guerre, et dans l'abondance, les hommes en sont réduits à quémander mollement du sexe sans pouvoir offrir en retour l'utilité de leur protection. Un siècle complet sans aucune guerre, c'est comme ça qu'on les a retournés, les mecs. À quoi servez-vous bande de chiens obsédés, dans un monde de paix et d'entente ? À rien, mes petits pucerons volages, à rien… Et dans ce monde de douceur et de liberté, où avoir un toit et à manger est un droit pour chaque être humain, les femmes gagneront toujours la partie. Bref, j'ai évité les effets d'annonce douteux et je l'ai joué pédagogique, façon maîtresse d'école. J'ai pris ma voix caverneuse, celle qui venait du fond du ventre et qui me faisait gonfler la poitrine, pour expliquer solennellement et pragmatiquement, la situation.

« Ça a été annoncé hier soir, aux infos. La grève des matriors est terminée. Dès que nous allons ouvrir les portes, attendez-vous à un raz-de-marée. Aussi voici les nouvelles règles à tenir toute la semaine : pas plus d'une heure par matrior. C'est comme ça, faut tourner. Pas de duo. On les tient un maximum au bar et aux jeux, il faut libérer les chambres. Et comme d'habitude, on demande les fantasmes et on négocie les pratiques avant de franchir la porte, pour ne pas bloquer les lits avec du blabla inutile. Compris ? »

Un petit groupe de nanas, des anciennes que j'avais appelées en renfort, ont lancé des applaudissements chaleureux à la fin de mon allocution. Elles en voulaient, les vilaines. Peu de gens comprennent à quel point ce sport peut vite devenir addictif et que la mise sur le côté peut, chez certaines, entraîner de sévères dépressions.

J'ai claqué des doigts pour que tout le monde se disperse et je suis allée m'installer au bar ; la reine des abeilles avait besoin du spot central pour contrôler le fourmillement des prochaines heures. Si je ne voulais pas rater la rentrée de Marcel, c'est là que je devais me placer. J'étais dans un état d'excitation total : Diane était repartie à pied de sa dernière visite, sa berline n'était pas planquée sur le trottoir. Mon flair ne s'était pas trompé, son matrior qui lui servait de chauffeur était bien en grève. Je l'imaginais arriver la chemise déboutonnée sur son torse poilu, un large sourire aux lèvres, en faisant de grandes enjambées pour m'embrasser avec empressement. Il m'emmènerait alors dans la 203, je mettrais son éclairage en place, nous nous allongerions sur le lit, et il me baiserait tout en me racontant à quel point je lui avais manqué. L'intensité de l'amour qui suit une séparation a une force qui vaut bien que l'on endure parfois un douloureux manque. D'autant que cette séparation m'avait laissé le temps d'une métamorphose.

Il quittait Athéna-la-vamp pour Athéna-la-prude. Le grand écart allait obligatoirement le bouleverser. Et s'il me proposait de recouvrer la liberté pour m'épouser ? Connaissant l'homme, il en était capable. Il fallait que je reste vigilante, je lui répondrais « Non », bien sûr. Jamais je ne me laisserais mettre en cage. Mais il faut que je reste douce dans mes mots, peut-être lui faire croire au « oui ». C'était un client après tout, il fallait qu'il revienne.

Sam m'a tirée de mes pensées en déposant une coupe fraîche d'un liquide pétillant devant moi, tout sourire.

« C'est le grand jour. » J'ai pris une gorgée, euphorique et impatiente. Les portes se sont ouvertes dans un grand brouhaha, les courtisans et courtisanes surjouaient l'enthousiasme en découvrant leurs matriors favoris. Ça hurlait comme des pucelles dans tout le bâtiment. « Hi ! Tu m'as trop manqué ! Smack ! Smack ! » En quelques minutes à peine, je fus submergée par la présence d'hommes habillés de noir. Jamais nous n'avions accueilli autant de matriors, leur nombre était bien plus élevé que dans mes prévisions.

Au loin, près d'une table de billard, j'ai aperçu Apolline en compagnie de son vieillard transi, « Tonton Saumon » comme elle l'avait surnommé, parce qu'il frétillait de la jambe comme un saumon remonte une rivière. Il ne prenait jamais de chambre, le Tonton. Je crois que ça bandait plus très bien dans le caleçon, et il me semblait trop sage pour s'envoyer quelqu'un qui avait l'âge de sa petite fille. C'était un ancien militaire à la retraite, à ce qu'il m'avait dit. Un candidat parfait pour Apolline qui passait son temps à jouer les potiches hilares en buvant ses paroles. Et du champagne. Un très joli couple de ma confection.

Marjorie, ma jolie métisse au corps de déesse, riait aux éclats devant son thé vert à la menthe – jamais d'alcool pour madame – en compagnie de « capitaine crochet », un titre qu'elle avait donné à un jeune homme d'environ vingt-cinq ans, de jolis yeux noisette, qui avait réussi à la faire squirter. Depuis, elle enchaînait les matriors et les succès dans la 405, la chambre qui avait la particularité d'avoir un drap-housse en plastique et des murs en carrelage. Plus simple à nettoyer.

Marcel n'était pas encore arrivé. J'ai demandé à Sam un deuxième verre pour me sentir moins seule. Du champagne, bien sûr. Ver de terre, le petit jeune que j'avais traumatisé à mon dernier passage dans la 203 s'est assis à côté de moi, sans que je l'y invite, et a entamé la conversation, comme s'il était avec une de ses copines. Enfin, une copine qu'il appelait « Madame » et qu'il n'osait pas regarder dans les yeux. Il s'est mis à me raconter des choses plates comme la pluie. Je l'écoutais mollement en restant attentive à mes hôtes. Je devinais la présence de Marcel à travers chaque ombre, chaque nuque, chaque paire de chaussures qui passait dans mon champ de vision.

« Tu connais Marcel ? C'est un matrior de ta caserne, peut-être ? »

Non, il ne connaissait pas Marcel. Mais il connaissait un « Marin » qui lui avait chié sous l'oreiller une nuit. Ses histoires de gamin harcelé ne m'intéressaient pas, mais je l'ai quand même pris dans mes bras quand il s'est mis à chialer.

Quelque part, j'étais sensible à cette dureté. Les hommes peuvent se montrer bien cruels entre eux quand ils se mettent en compétition pour les femmes. Je reconnaissais à Matriarchie un talent, celui d'avoir épongé la violence sociopathe masculine – les crimes, les vols, les viols et autres agressions – avec de l'amour, de l'affection et du sexe. Et d'avoir su tirer parti de leur absurde motivation à vouloir copuler tout et n'importe quoi, motivation encombrante qui se transformait souvent en une haine aveugle d'eux-mêmes d'abord, puis des autres, si leur terrible frustration n'était pas assouvie.

Ver de Terre aurait pu très mal tourner sans les Maisons des Plaisirs, à l'abandon dans un monde trop brutal pour lui. Mais nous étions là, pour le prendre en main. Ou en bouche, selon ses désirs.

La nuit commençait à tomber et Marcel ne s'était toujours pas pointé, sa journée avait dû être longue, le pauvre, Diane avait dû le harceler. Pour m'occuper, et parce que Sam commençait à s'inquiéter pour moi, j'ai fait connaissance avec un matrior qui récupérait sa boisson, à côté de moi. Un peu chétif, le crâne dégarni, il sirotait un drôle de cocktail avec une tranche d'ananas qui flottait sur une surface crémeuse. Il en avait un peu sur le coin des lèvres, ça lui donnait l'air idiot de quelqu'un qui revenait d'un bukkake.

« Tu t'appelles comment ? »

Il a crachoté un « Johan », maladroitement. Une figure importante de la grève, de ce qu'il m'en racontait, il était passé dans de nombreux médias pour négocier. Voyant mon regard captivé, il a continué son histoire : il avait organisé des réunions, la nuit, pour établir une liste claire des revendications. Il s'était battu pour être sur toutes les chaînes de télévision, dans la presse écrite, aussi. Et il avait eu gain de cause sur presque tous les points.

« Ah mais tu dois connaître Marcel ! C'est un ancien politique, vous avez dû faire la grève ensemble. Un grand, cheveux poivre et sel. Une allure de chef, une mâchoire carrée. »

Il y avait bien un Marcel, mais il n'avait pas fait grève. Il n'aurait jamais laissé tomber sa maîtresse, la grande Diane Maurepas. D'ailleurs, aux dernières nouvelles, elle l'avait emmené aux *orgies*.

« Je pense que ça lui a plu. Sinon, il serait revenu ici. »

Une larme s'est échappée, seule, de mon œil, a roulé sur ma joue et est allée se perdre dans mon cou. La journée avait été longue, j'étais fatiguée.

## FERNAND FUEGO
### CHAPITRE 20

Ses draps étaient devenus mon nouveau refuge. Au-dehors, tout m'échappait. Je travaillais trop longtemps, trop durement, je n'arrivais plus à prendre de décisions fermes, plus rien n'avait de sens sauf quand j'étais auprès d'elle, et que je sentais son cœur battre à l'unisson avec le mien. Diane était nue, enroulée dans sa literie blanche, et piochait quelques fruits frais dans une coupelle, sur sa table de chevet en acajou.

Elle a glissé une framboise sur son téton et m'a susurré à l'oreille « la cueillette est ouverte » de sa voix suave. Ma bouche s'est envolée pour se poser sur son sein sucré, j'ai avalé le fruit tout entier, sans le mâcher. Elle me caressait tendrement les cheveux en me laissant me délecter de sa peau. Elle a ensuite placé une tranche de pomme sur son ventre, sous son nombril, avec son petit sourire coquin.

« Où est-ce que tu crois m'emmener comme ça ? » ai-je doucement protesté.

J'ai attrapé le quartier acide et piquant de la pointe des lèvres, agressant mes papilles engourdies par l'heure tardive. Elle a ensuite détaché un gros grain de raisin noir d'une grappe, et a joué à le faire rouler près de sa vulve encore humide de nos derniers ébats. Elle l'a passé entre ses lèvres, l'a appuyé sur son clitoris, puis l'a poussé vers son antre, là où j'avais agité mon sexe bandé il y avait quelques minutes à peine. La bille a disparu, comme aspirée par le vide.

« Mais pourquoi t'as fait ça ? Putain, c'est un coup à se retrouver à l'hôpital…

– Un futur président qui a peur d'un grain de raisin, vraiment ? »

Si Diane s'amusait de tout, j'étais clairement sa cible favorite. Je suis allé récupérer le fruit du bout des doigts et de la langue, je l'ai écrasé alors qu'il était encore en elle, dans sa cavité serrée, le jus s'est mélangé à son eau, j'ai pu sauver la peau et les pépins que je me suis mis à mâchouiller. Ça l'a fait rire et elle m'a embrassé sur la bouche pour me féliciter. C'était un peu dégueu, et un peu bon en même temps.

On s'était dit que l'on ne parlerait pas politique tous les deux, mais j'avais quand même envie de la convaincre de nous laisser un avenir. Ça aurait donné une autre dimension à tout ce délire. Ça sert à quoi de rire, de baiser et de bouffer des fruits ensemble si demain tout s'arrête ?

« Tu sais, il va falloir que l'on dorme. Marcel va encore m'engueuler s'il me voit les yeux cernés de bleu, demain.

– C'est le matrior qui fait la loi à la maison maintenant ? Tu devrais en changer… »

Elle m'a donné un petit coup d'oreiller. Me sentant chassé, je me suis levé du lit, ai ramassé la capote qui traînait près de mon pantalon, et ai cherché des yeux mon caleçon en me remémorant le moment où je l'avais jeté. Avant ou après lui avoir fait un cunni ? Diane me regardait retourner sa chambre en silence, puis m'a dit de sa petite voix :

« Tu peux rester, si tu veux.
— Et Alice, demain matin ?
— Ce serait bien qu'elle te rencontre. »

Diane ne plaisantait pas. Elle me regardait de ses deux grands yeux graves en attendant que je me recouche auprès d'elle. Comme je ne bougeais pas, elle m'a souri en tirant sur ses draps et en tapotant sur le matelas. J'étais face à elle, à poil, le corps marqué par quelques-unes de ses griffures, en demi-molle, la capote sale à la main, l'esprit embrumé et – autant me l'avouer – je n'avais pas la force de résister à ses sirènes. J'ai posé le préservatif sur sa table de nuit et je me suis effondré dans ses draps chauds, le cœur explosé en mille morceaux. Sans surprise, je n'ai pas bien dormi.

Le lendemain matin, sept heures, le jour à peine levé dans le grand salon de Diane, Alice buvait son bol de chocolat chaud sur l'îlot de marbre en me scrutant comme si j'étais un grand criminel. J'observais sa grande crinière, aussi blonde que celle de sa mère, et son nez, encore un peu retroussé, parsemé de jolies taches de rousseur. La petite maîtrisait déjà bien la politique pour son âge et me demandait, arguments à l'appui, sans se laisser démonter, ce que je foutais ici. « Chez elle », plus précisément, avec une pointe d'insolence qui m'a un peu décontenancé. Sa mère l'a reprise plusieurs fois, avec autorité, pour qu'elle change de ton.

La rencontre, comme j'aurais pu le prévoir, était glaciale et je m'enfermais dans un mutisme protecteur. Souriant un peu bêtement aux provocations de sa fille, ne trouvant pas les mots pour adoucir la discussion.

Une distraction salvatrice est arrivée du côté de la porte d'entrée. Marcel a fait une entrée fracassante en criant dans le couloir.

« Alice, tu fais ton sac ? On va être en retard. »

Étonné de trouver un inconnu dans le salon de Diane en train d'avaler un jus de fruit frais, il a eu un petit mouvement de recul.

« Bonjour. Je dérange ? »

Diane lui a fait un « non » de la tête et a demandé à sa fille de se dépêcher de terminer son petit déjeuner. Sa petite main remplie de bagues fantaisies a trempé sa tartine pleine de confiture dans son bol, elle en a arraché un bout de la pointe de ses dents, et s'est mise à mâchouiller le pain mou bouche ouverte en nous regardant, alternativement, tous les trois, avec défi. Un grand silence pesant s'en est suivi, Diane s'est occupée de ranger deux-trois tasses dans les placards, et je gardais les yeux rivés sur mon nectar de pêche.

Si j'avais su que le lendemain serait aussi gênant, je me serais certainement enfui en pleine nuit.

J'avais besoin d'un café, mais je n'osais rien dire, je ne voulais pas donner l'air de m'imposer, j'arrivais à peine à respirer sans que cela ne s'entende. Alice et Marcel nous ont enfin quittés dans un brouhaha terrible – la petite ne retrouvait plus son cahier de mathématiques – et ils nous ont laissé seuls, Diane et moi, le jus de fruit et le pot de confiture encore ouvert.

« Laisse-lui le temps, c'est pas si facile pour Alice. Elle est encore dans un monde où il n'existe que deux camps : les bons et les méchants. »

J'ai haussé les épaules en terminant mon verre. Elle m'a dit, sous le coup de la confidence, qu'elle réfléchissait à ne plus conserver Marcel dans son foyer. Elle le trouvait trop intrusif, il avait des réflexions déplacées sur ses fréquentations. Elle s'était longtemps sentie en sécurité quand il y avait eu une forme de distance, mais cette distance avait sauté depuis qu'ils avaient partagé quelques soirées ensemble.

« Ce n'est donc pas ton meilleur ami ? C'est ce que tu m'avais dit à notre première rencontre. »

Elle m'a avoué s'être trompée à son sujet. Depuis notre rencontre, elle s'était peut-être trompée sur beaucoup de choses. J'attendais un bout de phrase qui n'est pas venu ; quelques mots de plus sur l'engagement que nous pourrions avoir l'un pour l'autre, une projection, un semblant de décision. Mais elle s'est tue, elle avait fini de parler. Je l'ai embrassée, tendrement, sur les lèvres. Elle était superbe, sans tout son maquillage, les cheveux emmêlés.

Ting. Mon *smartleaf* a retenti dans ma poche. Le matin venait tout juste d'arriver, la journée de travail commençait déjà.

« Fernand, nous avons bien réfléchi avec Solange. Et, finalement, nous ne pensons plus nous engager financièrement pour le Parti familial. On peut en discuter quand tu veux. Thierry. »

L'ascenseur émotionnel était violent.

## DIANE MAUREPAS

### CHAPITRE 21

Mes pieds nus pataugeaient dans une grande flaque d'eau chaude. Je dessinais d'improbables formes humides de la pointe de mes orteils sur les dalles carrelées le temps qu'Éléonore termine sa longueur. Je me suis arrêtée en comprenant que je traçais inconsciemment d'innombrables petits cœurs, dégoûtée par ma propre niaiserie, et j'ai regardé la grande dame qui sortait de sa piscine intérieure en ruisselant de gouttelettes d'eau. J'admirais en silence son corps mat et encore bien tonique pour ses soixante-quinze ans. Elle s'était entourée d'une épaisse serviette bleue, puis en a utilisé une autre pour sa chevelure fine, crépue et clairsemée.

Assise sur un de ses transats verts, pieds nus, mes talons dans une main, ma pochette verte dans l'autre, j'ai pris une grande inspiration et j'ai annoncé, d'un air que je voulais détaché :

« J'ai viré Marcel. »

Il était midi, Éléonore semblait rayonner dans ses serviettes, telle une Madone dans ses tuniques en éponge. Elle m'a regardée d'un air réprobateur, attendant que j'ajoute quelque chose. Comme rien ne venait, elle a entamé :

« T'es sûre que c'est la bonne décision ? Il m'avait l'air sérieux. Et fiable.

— On ne sait jamais si c'est la bonne décision, on ressent simplement des envies de changement. »

Éléonore m'avait souvent répété cette phrase, mais j'ai senti, en la prononçant, qu'elle sonnait comme un air de rébellion puérile dans ma bouche. Une gamine qui faisait un caprice. Elle m'a regardée dubitative, en agitant la serviette sur sa tête pour se sécher.

Elle m'a demandé comment avait réagi mon Alice.

Elle avait poussé quelques cris avant de s'enfermer dans sa chambre en affirmant qu'elle sécherait ses cours tout l'après-midi. C'était une préado - elle passait du rire aux larmes en un rien de temps.

« Il y a des choses invisibles chez les autres, tu sais. Ce n'est pas parce que tu ne les vois pas qu'elles n'existent pas. »

Éléonore pouvait se montrer très mystique par moment. Voyant que je ne comprenais rien, elle a immédiatement changé de sujet, d'un ton sec :

« Quel est l'ordre du jour ? »

J'ai pris ma première fiche. On devait parler des conditions de vie des matriors. À cause de leur foutue grève et du remue-ménage qu'ils avaient fait dans les médias, certains hommes libres trouvaient indécents que l'État paie des sommes faramineuses pour les loger dans des casernes sublimes, dignes d'hôtels quatre étoiles. Une critique récurrente ciblait spécifiquement la taille des voitures, un journaliste anti-matriarchie les avait qualifiées de « trou noir des impôts ». Les bruits de couloir disaient qu'une enquête menée par un fouille-merde était en cours pour en estimer le montant précis.

« En même temps, on n'attrape pas des mouches avec du vinaigre, non ? Ils font chier les hommes libres avec leur compétition à la con. Est-ce qu'il y a une femme qui s'est plainte du niveau de vie des matriors ?

— Pas à ma connaissance.

— Ça m'a encore l'air d'être une histoire de taille de quéquette, non ? Réponds-leur ça, dans les médias, ça risque d'être drôle. »

J'ai noté « taille de quéquette » sur ma fiche, de façon scrupuleuse. L'humour d'Éléonore pouvait s'avérer ravageur en débat, même si je n'aurais jamais son sourire ironique au moment d'avoir sa répartie. C'était comme ça, les mots étaient plus ternes dans ma bouche, quoi que je fasse.

« Comment ça se passe avec les courtisanes ? »

Je lui ai confirmé que leur vote nous serait favorable en racontant l'entretien fascinant que j'avais eu avec Athéna dans la superbe Maison des Plaisirs.

« Une femme sublime, d'une grande élégance. Je l'ai invitée à la prochaine orgie, son expérience pourrait éclairer beaucoup d'entre nous. »

Éléonore m'a confirmé que c'était une excellente idée. Puis elle m'a demandé si j'avais des nouvelles de Fernand.

J'ai rougi en entendant son prénom, en me rappelant la dernière nuit que nous avions passée tous les deux, l'un dans l'autre. Nos jeux étaient devenus beaucoup plus poussés. Il était venu chez moi avec d'autres jouets sexuels, des cadeaux de ses amis « Solange et Thierry », dont il me parlait souvent avec beaucoup de tendresse.

Avec lui, je découvrais de nouvelles contrées, de nouveaux horizons. Il me faisait la visite guidée d'un continent inconnu, m'apprenait de nouveaux langages, ou tout du moins, de nouveaux mots.

Il m'avait aussi donné le goût de liberté et la force de briser, une à une, toutes mes barrières. Jamais je n'aurais pu me livrer de cette façon à Éléonore, aussi ai-je envoyé la seule réponse attendue :

« Non, pas de nouvelles de Fernand. »

Elle m'a tenu le menton pour que nos regards se plongent l'un dans l'autre.

« Ce n'est pas grave, tu sais ? Je pense que son parti n'aura pas l'envergure nécessaire pour nous mettre à mal. On peut tout à fait se passer d'eux. N'y pense plus. »

Ne plus penser à Fernand était hors de ma portée. Mais Éléonore ne le saurait jamais.

## MATRIOR MARCEL

### CHAPITRE 22

Elle a ouvert la lourde porte d'entrée péniblement, les yeux trempés de larmes, le nez plein de morve, encore en pyjama. Son regard s'est assombri en me voyant, alors, par réflexe, je l'ai grondée :

« T'es pas à l'école, toi ? J'ai oublié mon sac dans l'entrée, hier. »

Alice m'a fait un grand non avec la tête, secouée par de gros sanglots, sans qu'aucun son ne puisse sortir de sa bouche. Je suis entré dans le couloir, j'ai déposé mon manteau sur la patère, et je l'ai serrée très fort dans mes bras. Son corps frêle tremblait comme une feuille morte en plein automne. C'était toute une tempête qui la secouait de l'intérieur.

« Est-ce que tu peux oublier ton sac tous les jours, dis ? » m'a-t-elle demandé, en me serrant un peu plus fort contre elle.

Je n'ai rien répondu. Moi aussi, j'étais dévasté. J'ai alors fait ce qui m'a semblé juste : j'ai joué à l'adulte. Je l'ai prise par la main, nous avons traversé le couloir en silence, et nous sommes allés dans sa chambre, comme nous l'avions fait si souvent auparavant. Elle s'est assise sur son lit, les jambes en tailleur et j'ai ouvert en grand les battants de son armoire blanche.

« Comment est-ce que l'on va vous habiller aujourd'hui, chère madame la princesse ? »

J'ai sorti une robe bleue à col blanc, en la lui présentant, tout sourire. Elle a secoué son adorable crinière blonde en se cachant le visage dans les mains et en reniflant bruyamment. D'un revers de la main, elle a essuyé le long filet de morve qui coulait de sa narine...

« Non ? Très bien, je vois que Madame est difficile. »

Je ne me suis pas laissé démonter, j'ai fouillé un peu, et j'ai sorti un jean patte d'eph' et un tee-shirt blanc en coton, flanqué de quelques strass en forme de papillon.

« C'est un indémodable, Madame. Un classique chic pour passer inaperçu. »

Elle a fait « non » de la tête, et j'ai cru voir, l'espace d'un instant, un sourire se dessiner au coin de sa joue, entre deux hoquets. Je suis retourné explorer les mystères de sa garde-robe et enfin, j'ai trouvé la pièce parfaite : son pyjama licorne, une improbable grenouillère à capuche qu'elle conservait pour ses anniversaires. Bien qu'un peu délavée, elle avait néanmoins conservé sa grosse corne en paillettes.

« Oh ! et que diriez-vous d'aller au collège dans ce ravissant ensemble ? Marjorie en serait verte. Et les garçons auront terriblement peur de vous ! »

Elle a haussé les yeux au ciel en mettant un doigt sur sa tempe :

« Mais ça va pas la tête ?

– Non, vraiment, vous êtes sûre, madame la princesse ? »

Je me trémoussais en tenant du bout des doigts le vêtement mauve. Puis j'ai mis la capuche sur ma tête, j'avais la corne qui tombait maladroitement entre les deux yeux, sur le bout de mon nez, et je me suis écrié : « Vite mon destrier ! Je dois partir à la recherche de mon prince ! » en y mettant une emphase ridicule. Elle a explosé de rire, dans de grandes convulsions qui ont asséché ses jolies joues parsemées de taches de rousseur.

Je lui ai jeté le féerique costume sur les pieds, et je suis retourné aux fouilles de son armoire. J'ai sorti une salopette noire, un tee-shirt blanc, et une paire de chaussettes.

« On reste sur les valeurs sûres ? »

Elle a acquiescé, j'ai posé les vêtements sur le lit et je l'ai attendue dans le salon, fermant la porte de sa chambre derrière moi le temps qu'elle se change. Pour ne pas trop ressasser, j'ai préparé un smoothie avec de la courgette, du melon et de la menthe fraîche qui restaient dans le bac à légumes. Je suis allé chercher les glaçons qui étaient dans le congélateur. J'ai tout versé dans le mixeur, puis dans une immense gourde transparente, que j'ai remise au frigo.

Rien n'y personne ne m'y obligeait.

Mais je ne savais pas quoi faire d'autre dans ce grand salon.

Alice est sortie de sa chambre, son cartable à la main.

« Vous avez vos devoirs de mathématiques, princesse ? »

Elle m'a fait un « oui » de la tête, c'était bien la première fois. J'ai récupéré mon sac dans l'entrée, mon manteau sur la patère, je l'ai mise au défi d'aller appuyer sur le bouton de l'ascenseur et j'ai dit un dernier « au revoir » silencieux à cet appartement dans lequel j'avais travaillé dix longues et si belles années de ma vie.

Nous nous sommes agrippés l'un à l'autre dans l'étroite cabine, je l'ai enveloppée tout entière dans mon grand manteau, elle a relevé sa petite tête vers moi, ses yeux étaient encore humides. Personne n'a osé rompre le silence qui nous liait durant tout le trajet en voiture, mais je ne pouvais décoller mon regard du rétroviseur. Alice avait les yeux perdus dans le vague, assommée par la perspective du douloureux deuil de notre relation complice. Je l'ai déposée devant l'école.

C'était un adieu, mais personne n'a osé le prononcer.

Je me suis effondré quand j'ai vu dans le rétroviseur le sac à dos d'Alice disparaître de mon champ de vision. Je me suis garé. J'ai laissé mes yeux fatigués s'inonder. D'aussi loin que je m'en souvienne, je n'avais rien vécu d'aussi dur depuis mon divorce.

J'ai décidé de mettre une musique gaie sur le chemin du retour à la caserne. Un truc entraînant, un truc pour m'évader, un truc qui me fasse oublier la conversation difficile que j'avais eue la veille avec Diane. Je voulais dissiper ses mots durs et froids dans quelques sons abrutissants. La voix criarde de Dj Baby, « Oh baby, baby, ooooh », ne couvrait même pas ma voix intérieure.

« Je pense que je peux me passer d'un matrior, j'ai besoin de me reconnecter avec Alice. Merci Marcel, j'écrirai au service que tout s'est bien passé. Mais il est grand temps que nous nous quittions. »

Il n'y avait pas eu l'ombre d'un regret ni d'un trémolo dans sa voix. À coup sûr, c'était à cause du petit con que j'avais surpris à siroter un jus de fruit tout en se grattant les couilles dans son canapé au petit matin. Elle n'avait pas vu le loup depuis tant d'années, ça a dû lui faire perdre la raison ce médiocre coup de bite.

J'ai essuyé mes joues humides d'un revers de manche. Je devais me ressaisir, trouver un nouveau foyer, trouver un moyen de revenir aux orgies. Je sais que j'y étais fortement apprécié. Même la présidente Éléonore m'avait trouvé particulièrement serviable auprès de ses hôtes. J'étais le meilleur lécheur de ses soirées.

Diane n'avait pas le pouvoir de m'éradiquer totalement de son monde.

En revenant à la caserne, j'ai immédiatement effectué ma demande de mutation auprès des services généraux en charge de la distribution des matriors. J'ai demandé à être affecté de nouveau aux soins domestiques, mon domaine d'expertise. Ma demande a été très vite validée. Suite à la grève, les demandes en matriors s'étaient multipliées et ils n'avaient pas de temps à perdre.

On m'a donné un papier, format A4, avec tous les détails concernant ma prochaine mission. C'était un poste similaire au précédent : garde d'enfant, chauffeur, ménage pour une femme.

J'ai failli m'étrangler en lisant le nom de ma future maîtresse : Mélanie Holveet. Ils m'avaient remis dans les pattes de M.H. Les salauds !

## ATHÉNA SOLLIPE

### CHAPITRE 23

Ver de Terre était nu sur le lit, dans la 203, à me regarder l'échauffer du mieux que je le pouvais.

Sa fine bite à la main, ses sourcils froncés qui se rejoignaient au milieu dans des plis complexes, il s'astiquait frénétiquement comme si sa vie en dépendait. J'avais choisi des draps rouge vif, et sa peau, blafarde, contrastait magnifiquement avec le revêtement. Comme une serviette hygiénique usagée avec une éjac' de sperme dessus, un tableau à la fois joli et dérangeant. Il avait demandé de la musique classique, je lui avais offert Chopin. Le rythme ne me plaisait pas, c'était mou, ça manquait de basses. Mais il m'avait assuré que c'était parfait : ça lui rappelait sa mère. Quel gosse taré !

Je portais la tenue que j'avais choisie pour Marcel, je me sentais un peu gourde, les talons n'avaient pas assez de hauteur, la jupe crayon entravait mes mouvements, je n'arrivais pas à onduler correctement.

Mais c'est Ver de Terre qui avait tenu à ce que je m'habille comme ça pour mon striptease. Toujours parce que « Maman s'habillait pareil ». Charmant bambin.

Je lui ai fait le classique de la maison ; je me suis retournée, dos à lui, j'ai enlevé tout le haut, d'abord la chemise, dans de grands mouvements lascifs, puis le soutien-gorge en dentelle, dégrafé par-derrière, tout en conservant ma jupe et mes collants de laine. Je masquais mes nichons avec mes deux longs bras. J'attendais une envolée de piano pour me retourner et me dévoiler plus longuement, mais Chopin se faisait capricieux et je suis restée un long moment comme ça, à me tortiller du derche avant que quelque chose n'arrive. Si j'avais pris le sautoir, j'aurais pu m'en servir pour m'occuper, jouer avec mes doigts et le passer sensuellement autour de mon cou, tel un chapelet. Mais j'avais préféré snober la vendeuse. Ça m'apprendra à jouer les vilaines filles !

Sans attendre que Chopin m'en donne l'autorisation, et parce que je commençais moi-même à me faire chier, je me suis retournée, et j'ai pressé mes nichons l'un contre l'autre, comme deux grosses brioches dorées. « Tadaaaaaa ! » Ça a immédiatement fait gicler Ver de Terre qui s'est retrouvé un peu pataud avec tout son sperme dans les mains et sur son nombril.

« Sensas » ! s'est-il écrié en s'effondrant dans les draps.

Si tous les matriors pouvaient s'autogérer comme lui, ça nous faciliterait bien le boulot. J'ai rattrapé mon soutien-gorge, ai filé dans la salle de bain me rafraîchir un peu. L'eau glacée m'a remis les neurones en place et a lavé mes aisselles odorantes. En sortant, Ver de Terre était toujours là, à m'attendre.

Qu'est-ce qu'il voulait, le môme ?

Je me suis allongée sur le lit près de son petit corps osseux. J'osais à peine le toucher, par peur de le casser.

« Vous pouvez vous regarder dans le grand miroir ? » m'a-t-il demandé, le visage plongé dans son énorme reflet au plafond.

Je nous ai regardés tous les deux, un peu gênée. J'aurais pu être la mère de cet ado boutonneux. Quelle étrange sensation de savoir qu'en dehors de ces murs, j'aurais dû avoir autorité sur lui, mais qu'ici, les rapports de force étaient bien plus flous.

« Vous vous trouvez belle ? »

J'ai contemplé mes traits, mon allure de grande dame avec ces collants épais, cette jupe et ce soutien-gorge plutôt sage, et je lui ai répondu que « oui », je me trouvais belle. Et que ce lieu me le rappelait un peu plus tous les jours.

« Moi aussi, je vous trouve belle. »

Ver de Terre commençait à maîtriser les bases de la séduction. Je n'ai pu m'empêcher de lui sourire, tendrement, en passant une main douce sur son torse à la peau fine. Ses tétons étaient si petits qu'on aurait dit deux minuscules piqûres de moustique, deux affreux petits boutons. Mais malgré toutes ces imperfections, un charme très étrange se dégageait de son corps. Comme celui des statues viriles de martyrs anciens, dont la souffrance s'exprimait à travers chaque muscle contorsionné, dans des grimaces belles et étranges, illuminées d'une lumière céleste.

Voilà, c'était le genre de beauté à changer l'eau en vin, puis à mourir crucifié.

« Mais jamais je ne voudrais vous épouser » a-t-il senti nécessaire de répondre, comme si cela avait été le sujet.

Je me suis redressée sur les bras, et je l'ai regardé, étonnée.

« Bien sûr que tu ne veux pas m'épouser, enfin ! Tu ne vas pas présenter à ta mère une copine de tricot, non ? »

Ça l'a fait rire, l'abruti. Il s'est levé du lit à la recherche de son caleçon, en relevant dans de grands gestes les pans de draps qui traînaient au sol. Son sous-vêtement s'était caché sous l'oreiller et je l'ai sorti de la pointe de mes doigts en le lui tendant. Ça puait un peu l'urine et la sueur, je ne comprenais pas pourquoi la jeunesse pouvait à ce point se passer de l'hygiène la plus élémentaire.

« Nan, ce n'est pas une question d'âge. C'est une question de… mœurs. »

Un instant, j'ai été épatée qu'il connaisse le mot « mœurs » avant de me reprendre et de lui demander de poursuivre. Je sentais que la discussion s'était engagée sur une pente terriblement glissante. Mais j'espérais encore me tromper.

« Je ne veux pas épouser une fille qui a déjà servi à plein de mecs, quoi. »

« Quoi ? QUOI ? » ai-je répété, ulcérée. Des centaines d'années de féminisme, bordel ! Des milliers de réformes, le droit de vote, la contraception, le droit à l'avortement et t'es encore là à rêver de contrôler le corps d'une femme ?

J'ai pris l'oreiller et je l'ai balancé dans ses grandes jambes. Strike. Ça l'a fait plier.

« Aïe !

– Ne reparle plus jamais des femmes comme ça. »

À mon regard, il a compris que la plaisanterie était finie. J'étais redevenue la maman qui reprenait salement son garnement. Il s'est habillé en silence, il ne rigolait plus lui non plus. Je crois bien qu'il était vexé. Sa chemise était froissée, son pantalon traînait sur ses chaussures, ça lui donnait un côté clownesque. Il ne lui manquait plus que l'humour.

« Oui, madame. Je ne le dirai plus. Mais ça ne m'empêchera pas de le penser. »

Et il a claqué la porte de la 203 derrière lui.

Je me suis à nouveau retrouvée à contempler, seule, mon immense reflet dans le miroir. Et les larmes ont coulé sans que je les y invite. Je sentais alors des sillons immenses se creuser sur mes joues, et, curieusement, je n'arrivais plus à ressentir de la peine, ni même quelque chose qui s'apparente à de la douleur. Je laissais mon cœur s'anesthésier, comme pris par le gel d'un hiver hors-saison. Je suis restée là, allongée, l'étrange sensation de ne plus savoir distinguer le bien et le mal, de ne plus savoir ce qui était grave de ce qui ne l'était pas. Hébétée et désorientée. Comme si je ne savais plus qui j'étais.

J'ai regardé plus précisément mon reflet : je ne reconnaissais pas moi-même cette dame maquillée, fardée, décorée, qui pleurait quand on ne la regardait pas. Cette femme poupée que j'avais pris grand soin à débarrasser de tout ce qui encombre ; des poils, des marques de vieillissement, de la fatigue, des petits bouts de gras. J'avais même été plus loin dans mon dépouillement : je m'étais aussi débarrassée de la peur, de la honte, du doute, de tout ce qui est trop intime, de tout ce qui rend vulnérable, de tout ce qui fait mal les soirs de solitude. Je n'étais plus humaine, je n'étais plus aimable, je m'étais transformée en objet. Et personne ne tombe amoureux d'un objet.

Et tout d'un coup, ça m'a explosé à la figure. Cette vérité, cette seule vérité: les hommes ne peuvent pas aimer les putes. Jamais. Ils peuvent les baiser, les aduler, les fantasmer, les craindre, mais les aimer, non.

Elles leur étaient supérieures en tout et leur renvoyaient, cruelles, leur arrogance, leur altérité, leur différence. On ne peut pas aimer l'autre s'il n'est pas notre semblable.

## FERNAND FUEGO

### CHAPITRE 24

« Rappelez-moi votre prénom ? »

Edmond, bien sûr. Un beau mec en col roulé blanc épais qui masquait un torse travaillé se tenait face à moi, dans ce café bon chic bon genre du sixième arrondissement. Il laissait un long silence gênant s'appesantir alors qu'il m'avait fait me déplacer après une crise ridicule à l'accueil du parti. Il hurlait qu'il devait absolument me parler, sur un sujet aussi confidentiel que hautement important. Il avait traité le personnel d'accueil « d'empotés de première », avant d'insulter avec des noms plus créatifs encore chaque collaborateur ou visiteur qui entrait ou sortait du hall d'entrée. Mais il avait quand même obtenu son rendez-vous, je n'avais pas réussi à arrêter autrement ses jérémiades puériles qu'en cédant à ses caprices.

Il s'est raclé la gorge, a pris une gorgé du café « serré, sans sucre, merci » qu'un serveur guindé venait de déposer devant nous, et s'est présenté :

« Je suis un homme libre, tout comme vous. Et j'ai accès aux coulisses de Matriarchie. Un in-fil-tré. »

Il a découpé son dernier mot en chuchotant, en cachant sa bouche avec sa main, puis en se redressant sur sa chaise, tout en mimant de grands airs entendus avec ses yeux.

Nous étions à la terrasse d'un café encore désert à cette heure-ci, il était quinze heures. Les passants s'agitaient dans la rue sans réellement pouvoir nous voir, nous étions masqués par une épaisse barrière végétale dans laquelle s'épanouissaient quelques violettes et pâquerettes éparses. Sa précaution inutile m'a fait retenir un petit rictus. Il avait de ces manières, celui-là...

Aussi, j'ai décidé de le laisser continuer; Thierry et Solange m'avaient définitivement coupé les vivres, j'avais besoin de combler d'une façon ou d'une autre le trou que j'anticipais dans mon budget. Il fallait que je trouve une solution et je ne pouvais pas me permettre de bouder quiconque frappait à ma porte avec une nouvelle idée.

« Un infiltré ? Je ne vous ai jamais vu au Parti familial ! »

Il m'a fait un clin d'œil appuyé en reprenant une gorgée de son café. Il savourait de retenir mon entière attention.

« En réalité, je suis apolitique. Ce qui m'intéresse, c'est la cause des hommes. »

J'ai hoché la tête, c'était vraiment un original. J'ai repris une gorgée de mon café brûlant, allongé et très amer, y ai ajouté un peu de sucre et un peu de lait. Ma dette de sommeil due aux nombreuses virées nocturnes chez Diane m'empêchait d'avoir les idées totalement claires et j'avais besoin de cette caféine pour rester concentré sur ses mots.

Il m'a expliqué qu'il était journaliste, et qu'il enquêtait actuellement sur les conditions de vie des matriors, le sujet du moment suite à la terrible grève qui avait secoué le pays. Les sommes dépensées par l'État et l'impôt de chacun des citoyens pour les entretenir dans de superbes casernes, leur fournir du matériel de travail, ajouté au coût des Maisons des Plaisirs, des retraites précoces des courtisans et courtisanes étaient colossaux.

« C'est bien simple, même si les matriors n'ont pas de compte bancaire et ne gagnent pas de salaire, le coût de leur train de vie est bien supérieur à ce que pourrait gagner un boulanger ou un mécanicien dans sa vie. »

Il avait un « chiffre choc » qu'il voulait annoncer en chapô de l'article, pour faire réagir : *Les matriors vivent mieux que 60 % des hommes libres.*

« Ça accroche ou pas ? »

Il semblait fier d'avoir trouvé l'eau chaude et s'est complu en de petits haussements de sourcils compulsifs. Tout le monde savait que les matriors vivaient comme des rois et que certains hommes libres vivaient dans des taudis. Les matriors étaient un gage de paix, de sérénité et une force de travail incroyable nécessaire au pays, enfin c'était l'espèce de propagande sur laquelle communiquait Matriarchie, et beaucoup de gens s'en accommodaient. Ce mec puait la condescendance à plein nez, mais j'ai tout de même acquiescé poliment en attendant la suite :

« Le dossier va paraître dans le plus grand journal de France, et j'ai quelques contacts auprès de télévisions influentes pour le relayer. Ça va faire boum. »

Très bien. Je ne voyais toujours pas en quoi je pouvais lui être utile avant qu'il ne conclue : « Et si je pouvais avoir un budget, pour que… ça se sache partout, quoi. Ce serait top. Nous avons le même ennemi. »

Évidemment, j'aurais été bien naïf de penser que cet homme était la solution à mes problèmes d'argent. C'était un mendiant en costume de velours.

« Ça vous fera une belle pub, c'est ça ? » ai-je demandé, narquois.

Il a éclaté de rire et s'est mis à rougir.

« Oui, oui. Enfin pas pour moi, hein. Pour la cause, surtout. »

Oui, bien sûr. Pour « la cause masculine ». Non, désolé, je n'ai d'intérêt qu'à défendre la famille, pas la cause des hommes en particulier. Encore moins celle d'un petit prétentieux narcissique qui se gargarise d'être un journaliste « in-fil-tré ». J'ai pris un air compatissant et je lui ai répondu :

« Nous n'avons pas beaucoup de budget. Et justement, si votre notoriété nouvelle vous permet de nous faire un don, ou d'appuyer le parti d'une façon ou d'une autre, ce serait formidable. »

Il m'a regardé, l'air atterré. Puis m'a dit, à voix basse, en se rapprochant de moi :

« Je ne vous ai pas tout dit. J'ai un autre sujet, au chaud. Je n'ai pas encore de média, mais la bombe sera ex-plo-sive. »

« Ex-plo-sive », bien sûr. J'avais encore une minute à lui accorder, le temps de terminer ma dernière gorgée de café, qu'il se dépêche.

« Vous savez ce que sont les *orgies* ? »

Je lui ai répondu que j'avais quelques notions d'histoire sur la Rome antique. Il s'est mis à rire et a levé les yeux au ciel. Il s'est raclé la gorge. Il était surexcité.

« Ce sont des soirées grandioses où des femmes intégrées à Matriarchie et leurs amis se servent des matriors comme esclaves sexuels, boivent des bouteilles hors de prix et se paient des concerts des plus grands artistes. C'est décadent, ça détourne les matriors des Maisons des Plaisirs, et ça favorise l'entre-soi. »

J'étais attentif. Il préparait sa chute, s'est redressé, satisfait de me voir captif de ses paroles.

« Ces soirées seraient financées à 100 % par de l'argent public. »

J'ai ouvert de grands yeux ronds. Comment ces femmes si intelligentes auraient pu commettre des erreurs aussi grossières ? Si cela était révélé, ce serait le plus grand scandale du quinquennat.

« Ces soirées sont régulières ?

— Au moins une fois par semaine. Parfois, deux

— Enfin, vous avez des noms à balancer dans la presse ? ai-je demandé l'air innocent.

— Oui. »

J'ai attendu un long moment qu'il lâche le morceau.

« Rien de moins que notre présidente de la République et sa petite protégée, Diane Maurepas. »

Diane ? Non. Je ne pouvais pas y croire. Et à sa petite mine satisfaite, à son intonation pédante, j'ai senti qu'il disait vrai. Et même qu'il y participait.

« Vous voulez voir des photos ? »

Je lui ai répondu « non », ce même « non » que l'on avance, affirmé, quand on refuse de contempler son visage suite à un terrible accident, de peur de voir son monde s'effondrer à cause d'une réalité trop difficile à regarder en face.

Je ne voulais pas voir, cela m'aurait certainement anéanti. Et malgré tous les efforts que je faisais pour prendre de la distance par rapport à ces révélations, d'horribles images s'imposaient à moi ; Diane s'enivrant de bon vin sur une méridienne qui s'enfilait des matriors rangés à la queue leu leu pendant que d'autres secouaient de grands éventails pour l'aérer. Elle jouait les vierges effarouchées dans l'intimité. Mais peut-être était-elle une formidable agente double ? J'ai essayé de garder la face, mais l'idée d'une Diane méprisante, hautaine qui rigolait d'avoir des hommes à ses genoux ne me quittait pas. Pire, elle me donnait la nausée, ainsi qu'une envie violente de lui faire payer sa trahison.

Il fallait que je coupe court à la conversation, j'en avais assez entendu. J'ai répondu, sèchement :

« Entendu. On va voir comment on peut vous accompagner. »

Je me suis levé de la chaise, en titubant, encore sonné par ces terribles révélations.

En retournant au bureau, encore dans les vapes, je gambergeais. Je ne croyais pas en un quelconque « alignement des planètes », mais en allumant ma messagerie, j'ai été soudainement tenté de me mettre à l'astrologie. J'avais un reçu un message de la part d'une responsable de Maison des Plaisirs, une certaine Athéna Solippe, qui souhaitait me rencontrer.

« Nous souhaitons nous impliquer dans la lutte du Parti familial. »

Les Maisons des Plaisirs étaient très puissantes, c'était une occasion inespérée.

## DIANE MAUREPAS

### CHAPITRE 25

Comme Alice dormait chez Marjorie ce soir, j'étais seule dans cet immense appartement et le calme, le silence, m'enveloppaient d'une agréable appréhension. La grande aiguille qui tournait dans le cadre au-dessus du frigo venait d'atteindre le sommet de son ascension ; il était 20 heures.

Au même moment, comme si mon horloge en était la responsable, la sonnette de mon appartement a retenti. Fernand était d'une ponctualité qui frisait l'obsession.

Il est entré avec un drôle de sac de sport à la main, un truc qui semblait assez lourd, plein à craquer de je ne sais quelles surprises. Enchantée par sa présence chez moi, j'ai immédiatement sorti la bouteille de champagne que j'avais mise au frais et je suis allée chercher deux flûtes propres. La vaisselle qui s'entassait dans l'évier me faisait un peu honte ; on devait m'attribuer prochainement un nouveau matrior, mais pour le moment, je devais m'accommoder du bordel de mon appartement et de la poussière qui s'accumulait.

Mes placards étaient vides, j'ai dû laver un verre à la main. Pendant ce temps, j'entendais Fernand sortir de son sac et poser sur l'îlot en marbre tous les ustensiles qu'il avait rapportés. Quand je me suis retournée et que je lui ai apporté une coupe fraîche, j'ai fait l'inventaire de ses trouvailles : des menottes épaisses qui ressemblaient à des bracelets de force, un martinet noir, tout en cuir, superbe, et un drôle d'objet métallique qui me faisait penser à une petite grenade.

« C'est quoi ça ? On peut tuer des gens avec ? »

Fernand s'est mis à rire, dans des tressaillements compulsifs, comme des spasmes, accompagnés de petits couinements. Si je ne le connaissais pas si bien, j'aurais pu penser avoir affaire à un grand psychopathe. J'ai souri un peu gênée en attendant qu'il se reprenne. Il n'a pas répondu à ma question et m'a demandé de m'approcher de lui. Il m'a saisie par les cheveux, à l'arrière du crâne, fermement, brutalement, puis m'a forcée à m'agenouiller, au niveau de son sexe. Je lui ai obéi en silence. C'était difficile à accepter, mais j'aimais quand nos jeux prenaient une tournure un peu plus musclée.

Il m'a passé un bandeau sur les yeux, tout en sachant que les prochaines minutes allaient être très pénibles pour moi. Je ne supportais pas perdre le contrôle et il aimait en jouer.

J'ai attendu, comme ça, dans le noir, quelques longues secondes et je l'ai entendu saisir la flûte de champagne et boire une gorgée. Tous mes sens étaient démultipliés quand je ne voyais plus, et je pouvais presque déterminer avec précision la quantité de liquide qu'il avait ingurgitée au bruit de sa déglutition.

Il m'a relevée par les cheveux, comme on déplace un animal qui a fait une bêtise et m'a balancée, debout, contre le mur, dans un grand geste. Tout le poids de mon corps s'est écrasé sur le dur et le froid. Là, il a retiré mon haut, en l'arrachant presque, mon gilet a cédé très rapidement à ses caprices, dénudant mes épaules et ma gorge. Il me restait encore mon caraco comme seul rempart. J'ai senti son souffle chaud caresser ma nuque moite, puis il a déchiré mes deux bretelles, en tirant dessus d'un coup sec. Le caraco a glissé sur ma taille, comme une ceinture, dévoilant mes tétons que j'ai masqués par réflexe, en resserrant mes coudes.

« Oh nan, Fernand, il était tout neuf ! » ai-je protesté, à l'aveuglette, sans savoir précisément où regarder.

Il a saisi ma bouche en appuyant bien fort sur mes joues et en attirant tout mon visage à lui.

« Je t'ai autorisée à parler ? »

– Non, non. » J'ai balbutié, la mâchoire comprimée par sa poigne de fer. Il m'a alors craché au visage, je sentais son mollard gluant glisser sur mes lèvres, puis sur mon menton. Il m'a mise face au mur, m'a fait relever les bras au-dessus de la tête, et m'a appuyé sur les reins pour me cambrer. D'un coup de genou sous ma jupe, il a écarté mes jambes de façon à ce qu'elles tombent droites, comme un prolongement de mon bassin.

Il m'a ordonné de ne pas bouger et je me suis interdit d'avoir peur, pour ne pas trembler dans mes escarpins. L'obscurité n'arrangeait rien à mon équilibre déjà précaire. J'ai essayé de maîtriser ma respiration, de calmer les emballements de mon cœur, et de retenir mes mains humides qui glissaient sur le mur. Bien qu'à moitié nue, j'avais chaud. Chaud de ne pas savoir ce qui m'attendait, chaud d'être excitée par cette sexualité brutale et chaud de me l'avouer.

Je ne voulais pas le décevoir. Je voulais tout incarner pour lui : un objet sexuel comme un objet à admirer. Il fallait que je sois à la hauteur.

Je tendais l'oreille pour écouter ses pas. Était-il en train de me regarder ? Jouissait-il de me savoir apeurée ? Je l'ai entendu fouiller à nouveau dans son sac de sport, puis reprendre une gorgée de champagne, et ses pas se sont à nouveau approchés de moi.

Allait-il me faire du mal ? Pourquoi ne m'avait-il pas montré l'ustensile qui était dans son sac ?

« Respire, je veux que tu fasses un décompte de mes coups. Ça commence à vingt. »

Des coups ? De quoi parlait-il ? Un instant, je me suis détestée d'avoir laissé autant de pouvoir à cet homme, un frisson glacé m'a traversé l'échine en anticipant la suite des événements avant qu'une brûlure, aigüe et précise, ne me saisisse le flanc, côté droit. J'ai hurlé de douleur et de surprise, hébétée par ce qu'il avait osé faire. Il m'avait fouettée, le salaud, avec une dextérité qui prouvait qu'il n'en était pas à son coup d'essai.

« Combien ? » m'a-t-il demandé sans que je trouve la force de lui répondre.

Mon souffle était coupé. Ma main droite est venue couvrir la blessure à vif de mon flanc, je ne saignais pas, mais mes doigts pouvaient détailler avec assez de finesse ma peau lacérée et chaude.

« COMBIEN ? » a-t-il hurlé en se rapprochant de mon oreille et en remettant à leur place mes deux mains.

« Vingt, vingt, vingt, ai-je ânonné telle une mauvaise élève prise en faute.

– C'est bien... » a-t-il conclu avant de s'éloigner de nouveau.

Son coup était d'une violence inouïe, je n'étais pas certaine de pouvoir en endurer encore dix-neuf. J'ai rassemblé tout le courage qu'il me restait et je me suis mordu les joues. Le fouet a claqué fort sur mon flanc gauche, « tchac ».

« Dix-neuf », ai-je hurlé en retenant mes larmes

Les cinq coups d'après furent plus cléments ; il m'a fouettée le long de la colonne vertébrale, puis, doucement, le bas du dos. Mes fesses, masquées par la jupe de similicuir, ont plutôt bien encaissé les coups quatorze et treize. Douze et onze furent terribles ; apposées sur le haut de mes cuisses, les morsures du fouet ont ruiné mes collants tout comme mes chairs. Bien que je ne pusse pas l'attester de mes mains que je conservais consciencieusement au-dessus de ma tête, il était impossible que le lycra ait résisté à une telle violence. Il y a eu enfin le décompte des dix derniers qu'il a distribués aléatoirement sur tout mon corps. Les trois coups finaux furent les plus violents, à tel point que je me suis effondrée en prononçant le « un ».

Fernand m'a recueillie dans ses bras. Il m'a portée tendrement jusqu'à mon lit, a défait le zip de ma jupe, a glissé mes collants le long de mes cuisses, puis a retiré ma culotte, une jambe après l'autre, et m'a fait m'allonger, entièrement nue, dans les draps. Le contact de la soie sur mon corps meurtri m'a soudain soulagée, comme un pansement à taille humaine. Et, je ne sais par quel miracle, alors que j'entendais ses pas s'éloigner et que tout mon être gémissait encore de ses attaques gratuites, j'ai soufflé un « merci » à haute voix. Comme une imbécile.

Il n'a rien dit, mais je sais qu'il l'a entendu, à son pas qui s'est arrêté quelques secondes avant de s'éloigner. Je l'ai entendu farfouiller à nouveau au loin dans son sac, puis il est revenu s'allonger à mes côtés. Je sentais qu'il ne comptait me laisser aucun répit. J'ai senti le petit objet froid, métallique, recouvert de gel lubrifiant, se heurter aux sphincters de mon anus. Je ne m'étais jamais fait entrer quoi que ce soit par la petite porte, et à nouveau, j'ai essayé de protester, mais Fernand m'a attirée à lui, tout contre son corps, et a pressé encore plus fort l'objet. D'un coup, d'un seul, mon anus a aspiré le bijou froid en se dilatant.

« C'est bien », m'a félicitée Fernand comme si j'étais un animal à qui l'on apprenait à faire des tours.

Il a ensuite allumé un objet vibrant, je reconnaissais le bruit discret du *Lovewoman*, et m'a fait sentir ses vibrations sur toute ma peau ; il a joué avec mes blessures encore à vif, puis l'a approché en haut de mes cuisses brûlantes. J'aurais pu le supplier de le déposer sur mon clitoris en feu, mais je me suis tue, attendant patiemment qu'il me délivre de toutes mes tensions par un orgasme libérateur. Il l'a lentement approché de mes grandes lèvres, puis, avec sa seconde main, a écarté ma vulve pour qu'enfin l'objet se pose sur mon bouton assoiffé de sensations.

À la seconde où il m'a touchée, j'ai été emportée par une jouissance profonde, dans une forme de transe électrique, très énergivore. Puis, je me suis laissé redescendre dans une douce torpeur et mon cerveau s'est déconnecté.

Je ne me suis réveillée qu'en pleine nuit ; Fernand était sorti du lit, il voulait rentrer chez lui avant l'aube. Je lui ai proposé de rester en négociant un petit déjeuner royal le lendemain. Il m'a embrassée sur les lèvres et m'a dit qu'il « avait à faire ».

Encore un peu ensommeillée, je lui ai lâché, bêtement, ce qu'il voulait entendre, ce qu'il était venu chercher chez moi :

« Tu sais, j'y réfléchis, parfois, à ton idéal familial pour nous deux. J'aimerais que l'on en discute ensemble demain soir. Tu seras là ? »

Il m'a à nouveau embrassée, cette fois-ci avec beaucoup plus de ferveur, en me serrant fort contre lui. Je sentais que nous étions sur le point de basculer ; de tout envoyer valser pour vivre une vie de bonheur, à deux. Et que cette vie, si difficile fût-elle, si radicale, était réellement possible.

Il m'a répondu « à ce soir, alors » dans un petit reniflement ému, avant de disparaître. Je me suis recouchée comme une idiote, le cœur en flamme, le corps apaisé.

## MATRIOR MARCEL

### CHAPITRE 26

Elle a ouvert la porte de l'appartement et j'ai cru recevoir une gifle invisible. Je ne sentais rien, mais j'avais mal, quand même, au cœur. Mélanie se tenait droite, dans l'entrebâillement de la porte, avec cette main posée sur la hanche qui lui donnait la silhouette de cette même femme que j'avais quittée dix ans auparavant. Elle me semblait si familière, et pourtant son visage trahissait chaque printemps qui nous avait séparés ; ses cheveux étaient devenus tout blancs et raides, des plis marquaient ses yeux et sa bouche. Et curieusement, dans ce flétrissement de chairs qui peut être si cruel pour certaines femmes, elle rayonnait d'un éclat nouveau. Ses yeux pétillaient et sa bouche, affinée, me semblait emprunte d'une douceur que je ne lui avais jamais connue.

« Moi aussi, ça me fait bizarre, Marcel », a conclu Mélanie en me scrutant, à son tour.

Quel spectacle on devait donner de nous-mêmes, dix ans après ! Je ne devais pas être très joli à voir dans ce costume de matrior qui moulait mon léger embonpoint, dépouillé de toutes les possessions que j'avais accumulées, des costumes de luxe, des bijoux de métal et des rendez-vous chez le coiffeur, pour livrer ma vie à Matriarchie. À vrai dire « bizarre » était bien en dessous de l'étrangeté que nous devions ressentir l'un et l'autre. Nous étions chacun à notre place. Après un silence presque nostalgique qui nous a traversés tous les deux, elle m'a souri, puis, en faisant un pas de côté pour s'éloigner du passage, m'a invité à pénétrer chez elle :

« Tu viens ? Je t'ai fait du café et je vais te présenter à Lison, ma fille. »

Je suis entré dans son appartement, dans un long couloir superbe, recouvert de cadres blancs laqués de différentes tailles, présentant des photos d'elle, de sa fille, de sa mère et de ses amies. Des cadres témoins d'une vie heureuse et riche, en vacances, dans le quotidien ou chez un photographe professionnel. Je m'attendais à retrouver une Mélanie aigrie, comme je l'avais laissée en partant de sa vie, mais j'avais devant moi une femme paisible et avenante, comme si une autre personne s'était incarnée dans le corps de mon ex-femme. J'en étais presque décontenancé, j'avais porté le poids de la culpabilité de notre séparation durant de longues années, peut-être même avec orgueil, et en quelques secondes, je me suis aperçu de mon erreur : elle s'était bel et bien remise de moi. Autant me l'avouer, je lui avais peut-être fait un cadeau en la quittant.

Après être passé devant quelques portes closes, sûrement les chambres et les salles de bain, je suis enfin arrivé dans une cuisine aux murs jaune citron, tout en bois. Des ustensiles de cuisine métalliques étaient organisés par ordre de taille sur un panneau aimanté, un grille-pain tenait compagnie à une petite télé holographique, près des plaques chauffantes. Et la cafetière émettait un doux ronronnement en laissant s'échapper une fumée à peine perceptible. C'était organisé, propre et bien tenu. Rien à voir avec l'intérieur baroque et un peu bling bling dans lequel nous vivions à l'époque.

Lison, une petite brune au teint mat d'une dizaine d'années, buvait un bol de chocolat fumant. Mélanie a fait les présentations, en taisant notre passé commun et en me présentant comme « son nouveau matrior ». J'ai remarqué à ses expressions le même esprit effronté que j'avais connu chez la petite Alice. Elle avait ce regard dur, plein de questions qu'elle n'osait pas poser, coincée dans ce monde d'adultes qui décidaient tout à sa place. Je me suis assis en face d'elle et ai essayé de faire un brin de conversation : « Comment ça va à l'école ? Comment s'appellent tes amies ? »

Elle a répondu mollement, par onomatopées, comme une automate, scrutant mes réactions et mes sourires. La phase d'approche doit être laborieuse pour tout le monde, ai-je pensé. Mélanie a alors tapoté sur la tête de Lison en lui demandant de nous laisser seuls. La sensation de me retrouver avec mon ex-femme, dans sa cuisine, après que son enfant nous a quittés, m'a fait bizarre – comme si j'avais débarqué dans une dimension parallèle.

« Alors, comme ça, tu voulais des enfants ? » ai-je demandé, précipitamment, sans plus de délicatesse.

Mélanie a haussé les épaules et m'a regardé, attendrie. Je crois que c'est elle qui culpabilisait de m'exposer son bonheur à la figure.

« En fait, je n'ai jamais voulu d'un enfant avec toi. »

Si la phrase était d'une violence inouïe, j'ai senti qu'elle ne m'était pas destinée personnellement. Qu'elle résultait du constat d'une réflexion interne, profonde, sans que cela sonne comme une vengeance ou une revanche.

« Je n'ai jamais voulu être enceinte, accoucher, allaiter, connaître cette connexion si particulière avec mon bébé en m'expliquant que tu avais les mêmes droits dessus. Que tu étais aussi parent que moi. C'est absurde si on y réfléchit bien, non ? »

Non. Non, ce n'est pas absurde. J'ai repensé à tout ce que j'avais vécu avec Alice, à la connexion si intime, si profonde que j'avais créée avec elle, sans qu'il ne soit question de filiation biologique. Comment Mélanie pouvait à ce point douter de ma capacité à être parent ?

« La vérité, c'est que les enfants appartiennent aux femmes, Marcel. Que tu le veuilles ou non, c'est un droit naturel dont la société patriarcale s'était emparée. Les enfants vont bien mieux quand ils ont un seul parent, fiable, à qui se référer. Quand ils ne se racontent pas être nés d'un amour bancal, mais d'un désir éternel, celui du parent porteur. »

La pauvre, elle s'était fait laver le cerveau à coup de discours pro-matriarchie pendant trop longtemps pour que je puisse tenter de la raisonner. Je l'écoutais juste déblatérer ses conneries, le cœur en sang, en imaginant que j'allais à nouveau m'attacher à son enfant avant qu'elle ne le reprenne quand bon lui semblerait, puisque c'était « son droit ». Et que je n'étais pas le père.

Face à mon silence, elle a changé de sujet et m'a expliqué le travail que je devais effectuer dans son intérieur ; elle m'a précisé l'emplacement de ses produits ménagers, comment avoir accès à son agenda pour ses déplacements, son régime alimentaire, qui n'avait pas vraiment changé depuis que nous vivions ensemble et l'heure à laquelle il fallait emmener Lison à l'école, ainsi que les règles sur l'exposition aux écrans holographiques.

« Tu avais une petite fille, aussi dans ta précédente mission, non ? La petite Alice Maurepas ? »

J'ai fait un grand « oui » de la tête. J'ai senti que Mélanie était très curieuse de connaître les détails de ma vie avec Diane, mais je ne suis pas entré dans plus d'exhaustivité. Mélanie n'aurait pas compris que je pouvais être autre chose qu'un simple automate qui entrait au service des gens. Elle aurait pu savourer cette revanche sur moi, se délecter de la situation, mais j'ai bien compris qu'elle n'avait pas besoin de jubiler du malheur de l'autre – qu'elle avait trouvé son bonheur sans moi.

« Mon précédent matrior venait de fêter ses 70 ans. Tu sais ce que ça veut dire, hein ? Il est donc parti à la retraite… » a expliqué Mélanie, sans que je ne lui pose aucune question à ce sujet.

Elle espérait peut-être que, confidence pour confidence, je me livre à mon tour sur mon passé. Mais je n'ai rien dit. Je me suis levé de la chaise et je suis allé chercher dans le placard de l'entrée le grand seau bleu en plastique, la serpillère, ainsi que l'eau de javel. Mécaniquement, sans même regarder scrupuleusement les dosages sur l'étiquette, j'ai versé un fond de javel dans le seau, puis j'ai dilué le tout avec l'eau du robinet de la cuisine. Mélanie restait accoudée à son plan de travail, devant ses gros couteaux de cuisine et son hachoir, en me regardant faire, les yeux plongés dans le vide.

Dix ans n'avaient pas effacé tous nos vieux réflexes et je sentais qu'elle avait quelque chose de lourd sur le cœur. Je me suis alors mis à nettoyer le sol, en silence, avec des gestes précis et mécaniques, je savais qu'elle avait besoin de calme et de tranquillité pour se sentir écoutée.

« En fait, je t'ai menti. Mon matrior n'avait pas 70 ans. Il en avait à peine 30. »

J'ai fait comme si elle ne me parlait pas et j'ai continué ma tâche, sans la regarder dans les yeux. La tomette n'était pas si sale, mais je prenais un grand soin à récurer plusieurs fois de suite, au même endroit, pour ne pas m'éloigner d'elle.

« Il s'appelait François, il travaillait bien. Mais un jour, il en a eu marre de tout ça. Il m'a dit qu'il voulait un vrai salaire, à lui, pour acheter une maison au bord de la mer. Enfin, pas la mer, l'océan, la côte normande ou la baie de Somme. Il voulait choisir la couleur des murs et prendre soin de son petit jardin. Je crois que ça allait au-delà d'un délire capitaliste de posséder pour posséder. Il voulait vraiment qu'un petit espace, sur Terre, lui ressemble. »

Jamais Mélanie n'avait eu de conversation si profonde au sujet de son entourage, ni des gens en règle générale. Elle n'avait pas juste vieilli, elle avait également gagné en maturité. Je l'ai laissée se taire, regarder par la fenêtre, sans l'interrompre. Je laissais sa parole venir, je savais que c'était sa façon à elle de se livrer.

« Mais c'était un mec qui était totalement fou des poitrines des femmes. Les rondes, surtout. Il pouvait passer toutes ses heures à glisser son visage et son sexe contre le buste gonflé d'une courtisane. Ça l'obsédait, en fait. Et du coup, il a franchi le cap… »

Je me suis relevé de mon balai et j'ai planté mon regard dans le sien, l'air interrogateur.

« Quel cap ?

– Tu sais. Il a entamé une castration chimique. Il a pris des pilules et, deux semaines après, il est devenu homme libre et a entamé une carrière en tant que comptable, près de Caen. Tout marche bien, pour lui.

– D'accord, mais enfin, c'est illégal, non ? Matriarchie l'a interdit la première année de son mandat. Je ne savais pas que des réseaux de castration chimique se trouvaient si facilement.

– C'est moi qui les lui ai trouvés, à la pharmacie. Je ne supportais plus de le voir malheureux. »

Jamais je n'aurais imaginé que Mélanie puisse commettre l'illégal pour rendre un homme heureux. Jamais elle n'aurait pris le moindre risque pour moi. Et honteux, je me suis dit que je l'avais certainement inhibée durant de trop longues années.

« C'est gentil de l'avoir aidé, ai-je commenté, un peu nigaud.

– Ouais, c'est sympa. Après, je vais être honnête, je fais ça pour la thune aussi. Ses cachets, pour que ça marche, il doit les prendre à vie. Chaque mois, il y met une partie de son salaire. Ça me fait une jolie rente, tu vois ? »

Je l'ai vue sourire en reprenant une gorgée de son café, elle était allée au bout de sa logorrhée. Et je venais de comprendre qu'elle ne s'était pas livrée par hasard, que toute cette histoire, vraie ou fausse, m'était destinée personnellement.

Il était clair qu'elle me proposait d'être payé pour une vie sans pulsion sexuelle, une porte de sortie pour arrêter de laver son carrelage et m'occuper d'une gamine qui n'était pas la mienne. Il était clair qu'elle me proposait de choisir une autre forme d'exploitation. Et en croisant son regard, j'ai retrouvé la Mélanie que j'avais quittée. Cette femme calculatrice et froide, d'une intelligence glaciale, dénuée de générosité.

Elle détestait toujours les hommes.

# ATHÉNA SOLLIPE

## CHAPITRE 27

J'étais rentrée tard, ou plutôt très tôt de cette *orgie* dans le seizième arrondissement. Le ciel s'éclairait doucement, se parait de quelques teintes de rose, et baignait d'or les marches de la Maison des Plaisirs, vides à cette heure-ci. Matriors et courtisanes s'aimaient chacun dans leurs lits, chacun dans leurs casernes ou leurs appartements, dans des rêves érotiques, selon les arrangements de Morphée. 6 heures sonnaient depuis le carillon de Saint-Eustache. D'autant que je m'en souvienne, je ne l'avais jamais entendu aussi distinctement d'ici, quand le monde fait silence. J'ai poussé la lourde porte d'entrée, et ai retrouvé avec délectation le bruit de mes talons qui résonnaient dans le hall d'entrée. J'étais chez moi. Je n'avais pas dormi et pourtant je n'éprouvais ni la fatigue ni la faim, malgré mon absence de repas depuis deux jours. Mon corps était surpuissant, peut-être étais-je devenue immortelle. Et au fond de moi, je savais ce qui me maintenait réellement en vie.

Si j'avais traîné aussi longtemps dans ce poulailler clinquant entourée de toutes les dindes du beau monde politique, ce n'était pas par amour pour ce dégueulement d'hypocrisie, c'était pour retrouver Marcel. Réveiller sa nostalgie, lui exploser mon indifférence à la figure, lui prouver que j'avais toujours une longueur d'avance sur tout, même sur lui. Mais il ne s'est pas montré du tout et et j'ai passé toute la soirée à tenir compagnie à Madame la Présidente Éléonore qui s'extasiait d'avoir « une des reines du charme », selon son expression, auprès d'elle. J'ai découvert une dame âgée d'une intelligence et d'un charisme rares, mais bien plus cynique que les quelques pointes d'humour bienveillantes qui faisaient le buzz lors de ses rares apparitions. Nous avons devisé toute la soirée, elle m'a expliqué qu'à l'approche des présidentielles, elle était assiégée par des coups bas prêts à déstabiliser le parti en place. Les matriors et leurs grèves stupides, bien sûr. Mais aussi ses camps politiques ennemis. Sa cible favorite était notamment un Edmond, selon elle, un « journaliste vendu de la plume » qui ne ratait jamais une de ses invitations. Edmond nous avait collé aux pattes toute la soirée, il faut dire que dès qu'un homme m'approche, je ne peux m'empêcher de l'enjôler. Surtout que ce dernier était particulièrement élégant et raffiné. Trois œillades près du buffet et le voilà qui me suivait, comme une ombre servile, faisant des petits pas chassés dans ses chaussures hors de prix. Éléonore, amusée du spectacle et consciente de sa qualité d'espion, n'a pas hésité à le faire tourner en bourrique, sous mon regard attentif :

« Tu sais, toutes ces soirées sont financées par l'argent public. Ton champagne est financé par l'argent public, la musique est financée par l'argent public, même cette moquette est financée par l'argent public. Mais je peux compter sur ton entière discrétion, n'est-ce pas Edmond ?

*Girls just wanna have fun* et il faut bien que le contribuable participe aussi à nos petits moments de détente… »

Le pauvre était resté médusé. Il s'était mis à balbutier « bien sûr Madame Éléonore, bien sûr Madame Éléonore. Je sais bien que je dois garder tout ce que vous me dites pour moi ». À coup sûr, il devait éjaculer dans son slip en croyant avoir obtenu le scoop de l'année. C'était quelque chose d'apercevoir le sourire discret, et presque jouissif, d'Éléonore qui jouait « la sotte qui en dit trop » en remettant une mèche bouclée derrière son oreille. Elle avait prospéré dans la finance avant de devenir présidente de la République, elle n'avait pas besoin du moindre centime d'un Français pour arroser dès qu'elle le voulait toute sa cour. Quel con.

Plus j'observais Éléonore manipuler servilement les hommes, les espions comme les matriors qui grouillaient à ces soirées, prêts à s'avilir pour un peu de sexe ou pour un semblant de pouvoir, plus ce monde sans amour, dont Éléonore semblait en insuffler le vide et le cynisme, me dégoûtait. Matriarchie m'avait donné la nausée de la vie.

Cette soirée m'avait confirmée dans mes positions : il fallait faire voler en éclat le système, coûte que coûte. Il fallait recréer un monde de respect, empreint de valeurs traditionnelles, centrées sur l'équité, le partage, la tolérance. Fernand Fuego, la célèbre tête du Parti familial, devait pénétrer au sein de mes murs dans une heure. Il était ce que je considérais être mon seul espoir. Il fallait que tout cela cesse. Immédiatement.

Fernand est arrivé pile à l'heure. 7 heures du matin. Je suis passée derrière le comptoir, préparer du café. Il était bien plus beau en vrai qu'à la télé, peut-être était-ce ses lèvres, serrées, ou son regard, déterminé. Ou ses fossettes, quand il se mettait à sourire. À coup sûr, mes filles se seraient jetées sur lui s'il avait été matrior, malgré sa petite mine matinale, bien chiffonnée. Ses yeux étaient gonflés, les présidentielles étaient en train de le grignoter vivant. Je l'ai fait s'asseoir sur le tabouret haut, près du bar, et me suis installée tout en tenant dans mes mains ma propre tasse fumante.

« C'est très beau, chez vous, a commencé par me dire Fernand, qui cherchait manifestement à m'amadouer.

– N'est-ce pas ? Qui aurait pu croire qu'un espace commercial aussi riche en histoire que La Samaritaine laisse place à une vulgaire Maison des Plaisirs. »

Et j'ai ri, en attendant une réaction de sa part.

« Vulgaire ? Non, ce n'est pas ce que je pense de votre profession... » m'a gentiment répondu Fernand en trempant ses lèvres dans sa tasse.

Il n'avait pas l'air aussi guindé et prude que ce que je m'étais imaginé.

« Vous ne souhaitez pas fermer les Maisons des Plaisirs si le Parti familial monte au pouvoir ? ai-je demandé, en ajoutant une dosette de sucre dans mes limbes noirs. C'est pourtant ce que l'on dit de vous, dans les médias.

– C'était dans nos premiers programmes, oui. Mais nous réfléchissons à la question. Après tout, les Maisons des Plaisirs peuvent participer à l'épanouissement d'un couple solide, à renforcer leur complicité sur le long terme. Vous ne pensez pas ? »

Il marquait un point.

« Mes filles et mes garçons adoreraient s'occuper de l'amour fou d'un couple plutôt que des fétichismes pervers des matriors, à vrai dire... »

Il m'a regardée en souriant. Ce con avait l'impression d'avoir gagné la partie. Il n'avait rien gagné du tout : je savais que le Parti familial et les Maisons des Plaisirs étaient compatibles, je n'étais juste pas stupide : leur parti mou, poussiéreux qui prônait l'exclusivité et la fidélité ne faisait bander personne. Voilà pourquoi Matriarchie remportait les élections, d'année en année. Le peuple voulait des guerrières à la poigne de fer et à la mini-jupe courte qui leur intimaient avec autorité comment gérer leurs journées.

Pas une espèce de nounours intello qui leur expliquait que l'épanouissement était de changer les couches et de s'endormir avec la même personne tous les soirs.

« Je peux vous faire confiance, Fernand ? »

Il a reposé son café devant lui et m'a scrutée en plongeant son regard dans le mien.

« Bien sûr.

– C'est un secret de polichinelle, mais les Maisons des Plaisirs ont une caisse noire. De l'argent liquide que les matriors ont chapardé à leurs maîtres et maîtresses pour offrir un petit extra aux courtisans et courtisanes afin qu'ils soient... plus conciliants et créatifs, dans leur chambre. C'est une jolie petite cagnotte. Et je ne sais pas comment aider... Vous avez des actions prévues, prochainement ? »

J'ai vu le regard de Fernand s'illuminer tout d'un coup. Un gamin devant un sapin de Noël.

« Oui, oui, justement ! Je suis sur un gros coup en ce

moment qui pourrait renverser l'opinion pour les prochaines présidentielles.

– Je vous écoute.

– Je sais de source sûre que les têtes dirigeantes organiseraient des soirées luxueuses : champagne, concert privé, mets raffinés.

– Et ?

– Ces soirées seraient financées à 100 % par de l'argent public. Un gros coup ! J'ai quelques photos avec moi que je peux vous montrer. Je prépare un gros plan médiatique pour faire éclater la nouvelle… »

J'ai regardé toutes les photos qu'il me montrait et qui apparaissaient en hologramme : j'y ai reconnu l'appartement somptueux d'Éléonore, les corps nus qui se prélassaient sous l'éclairage de sa piscine intérieure, quelques matriors bourrés, une grande marque de bouteille de champagne à la main.

Sur une des photos, j'ai reconnu également une forme de chaussures en cuir italien qui m'était familière.

« Plusieurs médias sont intéressés par l'affaire. Mazert et ses fouille-merde, bien sûr, mais j'ai besoin d'un peu plus d'argent pour… »

Je l'ai interrompu d'une traite.

« Laissez-moi deviner. Le photographe s'appelle Edmond ? »

Le regard de Fernand, qui flirtait entre le bovin et le lapin pris dans les phares d'une voiture, m'a apporté une seule certitude : il était beaucoup trop con pour renverser le parti en place.

## FERNAND FUEGO

### CHAPITRE 28

Comment cette espèce de chauve-souris hautaine connaissait-elle Edmond? Elle a passé un doigt sur ses lèvres gonflées et trop maquillées, tout en se redressant sur son siège, flattée de capter mon entière attention. Quelle petite grue complaisante, pas étonnant qu'elle soit devenue pute vu la dose de narcissisme dont elle a besoin pour tenir debout... Malgré mon envie immédiate de l'envoyer se faire foutre, ce qui d'ailleurs devait être son activité favorite, je me devais de prendre sur moi jusqu'au bout. Elle m'avait assuré posséder une sympathique cagnotte qui pourrait m'être utile pour l'avenir.

Je lui avais fait croire que le Parti familial était intéressé pour conserver les Maisons des Plaisirs, je lui avais même laissé sous-entendre qu'elles étaient bénéfiques pour un mariage durable, tu parles! Il est si facile de manipuler l'opinion pour décréter, une fois le pouvoir en place, que c'est une fabrique à petites écervelées dénuées d'empathie dans son genre. Il fallait être réaliste: aucun père n'a envie de voir sa fille se trémousser devant des octogénaires.

Bref, en une phrase, tout s'est éclairci: elle m'a dit qu'elle était elle aussi une infiltrée qui allait aux orgies.

Puis elle a tout confirmé : les matriors qui baisaient les membres du parti dans des petites chambres dédiées, certaines se faisaient juste masser les pieds, mais la plupart espérait de longs et puissants orgasmes donnés par des langues ou des sexes de matriors, les spectacles décadents près de la piscine, et les mets rares qu'elles s'enfilaient comme des trous béants.

« Je sors tout juste d'une de ces soirées. Je n'ai pas dormi de la nuit. Ça doit se voir, non ? »

Je lui ai répondu « non » bien que tout son visage la trahissait, en particulier ce maquillage trop rouge et trop noir qui lui coulait sur le coin des ses yeux et des lèvres. Elle avait l'air d'un clown triste, tremblotant dans des vêtements trop larges, une cape longue qui la faisait paraître plus maigrichonne qu'elle n'était, et un débardeur qui laissait apparaître ostensiblement le haut de son soutien-gorge push-up. Mais malgré la fatigue qui m'embrumait, j'arrivais tout de même à avoir une forme de lucidité nécessaire pour maintenir cette conversation et lui adresser quelques compliments. C'était le genre de femme qui en avait besoin pour rester concentrée dans la conversation.

Moi non plus je n'avais pas dormi de la soirée, je l'avais passée chez Diane, à exercer des jeux SM de plus en plus poussés. Je savais que je ne devais pas me venger en faisant du sexe. Mais c'était plus fort que moi, je n'arrivais pas à avaler que Diane offre ses charmes à d'autres bras que les miens, en particulier à ses subalternes.

Je n'arrivais pas à m'imaginer ma Diane, tendre, ingénue, maladroite se transformer en prédatrice, quand elle n'était pas avec moi.

Encore hier, nous avions évoqué notre envie mutuelle de nous mettre en couple et de vivre une vie à deux. Un avenir durable, construit et sincère. Et je crois qu'elle en a vraiment envie, de son côté. Qu'elle ne feignait rien ; ni les sourires timides quand je lui parlais d'éternité à deux, ni les idées, fantaisistes, quand elle s'imaginait notre vie de famille avec son ado, ni les insécurités et les questions qui la traversaient soudainement, quand nous allions nous endormir. Elle se devait de quitter la politique, elle n'aurait plus été crédible à mon bras et elle s'y préparait. Elle m'a même glissé que c'était une formidable excuse ; elle détestait ce monde exigeant dans lequel elle pensait ne pas trouver sa place, qu'elle n'avait aucune compétence en communication, et qu'il était de notoriété publique qu'elle servait de faire-valoir à Éléonore. Et bien qu'elle adorât cette femme qu'elle considérait comme sa mère, elle n'avait jamais cru, vraiment, au fond d'elle, en Matriarchie.

C'est peut-être ça que j'aurais dû dire à cette Athéna, que la porte-parole de Matriarchie allait dérailler grâce à moi. Mais jamais je n'aurais trahi Diane, jamais je ne me serais servi de mon amour pour elle comme argument politique.

J'avais conservé l'exigence de rester factuel et de mener ma campagne comme si notre histoire personnelle en était exempte. Alors, je lui ai raconté ce que j'avais sous la dent, le « scoop » de cet Edmond aux dents qui rayaient le parquet. Je ne lui apprenais manifestement rien, mais j'avais la coquille politique nécessaire pour l'accompagner dans la chute de Matriarchie.

Elle a conclu notre entretien en me disant qu'elle réfléchirait à m'apporter son soutien. Elle a évoqué un chiffre à cinq zéros. Les matriors étaient de sacrés coquins pour avoir réussi à collecter une somme d'argent aussi importante. Aussi, je lui ai demandé si je pouvais visiter la Maison avant de partir, une façon de montrer, à mon tour, mon intérêt pour son activité. Elle avait fait un pas vers moi, je me devais d'en faire un vers elle.

Comme j'avais pu l'anticiper, tout était lugubre. Un lugubre chic, sophistiqué et haut de gamme – mais quelle horreur cela devait être de travailler dans cet endroit. Les chambres possédaient des lits immenses aux parures rouges, blanches et noires, un petit saladier rempli de préservatifs se tenait sur la table de chevet et des rideaux de trois mètres de haut étaient tirés sur les grandes baies vitrées qui, naguère, donnaient à ce lieu l'impression d'être ouvert sur l'extérieur. La Maison des Plaisirs avait tout calfeutré, tout obscurci.

Dans mes déambulations dans ce lieu immense, j'ai même aperçu une chambre intégralement recouverte de carrelage. Je n'ai pu empêcher des images aussi créatives que choquantes s'imposer à moi : des matriors urinant et déféquant sur le corps de pauvres courtisanes tout juste majeures. Ou peut-être était-ce comme une salle chirurgicale, pour pratiquer des actes de torture sur des matriors avides de douleur malsaine ?

Je n'ai pas osé poser la question à Athéna, effrayé par ce qu'elle aurait pu me répondre. D'ailleurs, je ne savais pas où elle était passée, et pourtant, j'aurais juré qu'elle m'avait emboîté le pas. Avec la fatigue, la perception de mon environnement pouvait me jouer des tours. Comme je m'étais égaré, seul, dans les dédales de la grande maison, et que même le bruit de mes propres pas dans ce calme absolu commençait à m'inquiéter, j'ai repris le grand escalier central pour redescendre dans la salle du bar et je l'ai cherchée partout des yeux... mais elle avait disparu. Tant pis! Une dure journée m'attendait, je ne pouvais pas me permettre de m'éterniser. Il fallait que je contacte des médias, que je briefe mon équipe sur les prochaines directives, que j'assiste à un congrès auprès d'un grand chef religieux, un truc nouveau et un peu loufoque à la mode auprès des jeunes qui se basait sur l'astrologie et la sorcellerie, et je savais qu'en fin de journée, Diane, mon lot de consolation, viendrait mettre un point final à mon dur labeur.

Je me suis avancé, plein d'entrain vers la sortie.

J'allais réussir, tous les voyants étaient au vert: Diane allait démissionner, foutant un bordel incroyable chez Matriarchie, tous les médias allaient être affolés par le scoop sur l'abus de biens publics et j'allais siphonner les caisses des Maisons des Plaisirs. J'étais un à un tournant décisif de ces élections présidentielles.

Un bruit métallique, comme un cliquetis de multitudes de clés, a soudain envahi le hall, résonnant sur toutes les parois, rebondissant sur tous les murs. On aurait dit qu'un carillon sonnait la fin d'une messe qui n'avait pas été prononcée. J'ai levé la tête vers le plafond. À une quinzaine de mètres environ, l'énorme lustre constitué de perles roses et bleues s'agitait comme si tout l'immeuble subissait un tremblement de terre.

Ou alors était-ce ma fatigue qui me faisait avoir des hallucinations?

Le lustre s'est décroché d'un coup. Une seconde est passée. Une seule seconde, mais qui a été la plus longue et la plus intense de mon entière vie. Au fur et à mesure que je contemplais l'astre de plusieurs tonnes se rapprocher de moi, rayonnant de la lumière orangée rasante de l'aube qui faisait briller toutes ses facettes comme des étoiles, comme un merveilleux kaléidoscope, des images délirantes défilaient devant mes yeux : ma mère, rude, qui m'engueulait pour ne pas lui avoir acheté sa bouteille d'alcool en rentrant de l'école, Solange et Thierry qui m'expliquaient, complices, comment faire fonctionner le dernier *Lovewoman*, la joie immense que je ressentais quand je faisais la lecture du soir dans la chambre de leurs filles, et enfin, Diane, nue, joueuse, un bandeau sur les yeux, attendant mes ordres. « Je suis à toi. » Je crois que c'étaient les derniers mots qu'elle avait prononcés, ce matin.

Une douleur sourde et vive en même temps, brutale, a irradié mon front, mes épaules et ma nuque. J'ai senti que je m'effondrais. Les os de mes jambes se sont disloqués comme des petites allumettes que l'on aurait essayé de craquer, trop fort. Puis, plus rien, et un agréable soulagement m'a enveloppé. Ainsi que le noir.

## DIANE MAUREPAS

### CHAPITRE 29

Ce monde était fou. Si je l'avais toujours su, aujourd'hui, j'en avais la preuve formelle. J'avais appris dans les médias la mort absurde de Fernand, et pourtant tout en moi refusait d'y croire. Nous devions nous voir, encore, ce soir. Nous devions parler de notre futur. Fonder une famille, peut-être. Au moins un couple, un vrai. Au fond de moi, j'avais toujours rendez-vous avec lui. J'attendais qu'il me console de cette nouvelle atroce, j'espérais qu'il me dise que c'était une blague, un truc mis en scène par son parti pour un coup de communication dont il m'aurait raconté, hilare, une explication brillante et malicieuse.

Et pourtant, les images de la scène ensanglantée, dont aucun détail n'avait été épargné par les scènes holographiques exposées dans toutes les chaînes d'information, me rattachaient à une dure et cruelle réalité. Une violence qui avait longtemps été inconnue à Matriarchie.

Je n'avais pas eu le temps de digérer, ni de pleurer, que la police m'avait déjà contactée : ils voulaient passer à l'appartement pour retracer son emploi du temps. J'ai dû raconter n'importe quoi à Éléonore pour bousculer mon agenda et leur ouvrir la porte de mon intimité.

En plus du décès, j'ai eu l'impression que l'on me privait à nouveau de quelque chose d'essentiel ; le secret de ma vie sexuelle. J'ai dû leur raconter notre relation par le menu, et j'ai bien senti que les deux énergumènes qui se tenaient face à moi se délectaient de la précision de chacune de mes confessions. Surtout le moustachu qui écoutait en opinant du chef son collègue m'assiéger de questions :

*Alors comme ça, ces objets, c'était pour du sexe, hum ? Qui est-ce qui tenait le fouet ? C'est vous, Madame ? Non, c'est lui ? Ah, d'accord. Qui avait les yeux bandés ? Vous, aussi. Mais sentez-vous qu'il s'adonnait à ces jeux par mal-être ? Non, il a toujours aimé ça. D'accord. Un passé traumatique, peut-être ? Oui ? Sa Maman. Bon. Il vous appelait Maman pendant vos jeux ? Non, ce n'était pas vraiment le genre. OK, OK. Avez-vous des marques, des traces de coup ?*

J'ai éclaté en sanglots à plusieurs reprises, mais ces cons de policiers continuaient leur étrange questionnaire avec des mots qui se voulaient compatissants : « On est vraiment obligés, madame, désolé. C'est la procédure. » Et des regards qui me prouvaient qu'ils étaient follement excités par la situation.

Honteuse, me sentant violée, je me suis résolue à leur montrer mon cul, zébré de grandes traces rouges et de bleus.

*Vous étiez consentante ? Oui. Ah, d'accord. Bon. Ça doit faire mal quand même ? Oui, d'accord, on s'éloigne du sujet.*

*Vous saviez qu'il allait à la Maison des Plaisirs aujourd'hui ? Il ne vous disait rien de ses journées, il conservait le secret professionnel ? Ah bon ? Oh, sur l'oreiller, on se confie plus aisément, non ? Non, bon. Vous aussi vous ne lui dévoiliez pas le programme de votre journée. D'accord, d'accord. On comprend. Vous avez chacun de grandes responsabilités. On va devoir vous mettre sous protection, Madame. Au moins pour les prochaines 48 heures.*

Ils m'ont flanqué une armoire à glace, deux mètres de haut et des épaules aussi larges que mon îlot de marbre, pour me coller aux basques durant mes prochains déplacements. Quelque part, ça m'arrangeait bien, je n'avais plus de matrior pour me servir de chauffeur. Il s'appelait Basile. Il avait l'air plutôt gentil, pas très malin, mais souriant et exagérément guindé.

Après cette éprouvante enquête de la police, j'ai profité du trajet dans le véhicule de Basile pour pleurer, discrètement, la tête contre la vitre. Je savais que je ne pouvais pas arriver dans le bureau de la présidente les yeux bouffis et l'air hagard, alors je déversais dans ce rare moment de solitude toute la peine qu'il était possible d'extérioriser. Je devais conserver ma relation avec Fernand secrète jusqu'au bout.

L'enquête était en cours, personne ne savait réellement les conditions de sa mort, à la Maison des Plaisirs, rue de Rivoli, avant même l'heure d'ouverture au public.

Quelque part, sans que j'en sache précisément la cause, je m'en sentais coupable. J'avais joué avec le feu, je m'étais comportée comme une sale gamine capricieuse en m'offrant une histoire d'amour tout droit sortie d'une comédie musicale sanglante pour midinette. *Roméo et Juliette* ou *West Side Story*. Adam et Ève. C'est vieux comme le monde, bien sûr que ça finit mal. Qu'est-ce qui m'avait pris, enfin ? Peut-être que l'on avait surpris ma relation, au parti, et que l'on avait considéré Fernand comme un espion ? Peut-être avait-il été considéré comme un ennemi de la nation, de la vermine à exterminer ? Il fallait que j'en aie le cœur net, Éléonore me dirait la vérité. Je ne l'avais jamais vue mentir à mon égard.

Je suis arrivée au palais de l'Élysée, la grosse armoire collée à mes escarpins. J'ai monté les marches, salué la sécurité, ai demandé poliment à Basile de m'attendre dans le hall.

Éléonore se tenait en haut des marches, prête à m'accueillir. Je voyais à son visage tiré que nous vivions en période de crise.

Elle m'a saluée poliment avant de me conduire dans son bureau.

Je ne marchais plus droit, mes joues étaient collantes de maquillage et de larmes séchées, mes yeux refusaient d'avoir la netteté nécessaire pour éviter le mobilier autour de moi. J'essayais tant bien que mal de sauver les apparences, de ne pas me cogner aux commodes et aux chaises. Le personnel devait bien se rendre compte que je n'étais plus qu'une coquille vide. Je suivais Éléonore comme un fantôme.

Une fois que la porte s'est refermée, encore debout, avant même qu'Éléonore ne s'assoie, je n'ai pas pu m'empêcher de me rassurer en lui posant, brute, la question :

« Dis-moi que c'est n'est pas toi. »

Éléonore a eu un moment d'hésitation avant d'esquisser un léger sourire en coin, en comprenant le sens de ma phrase.

« De ? La mort de Fernand Fuego ? Bien sûr que non, ce n'est pas moi, ni personne au parti, enfin ! Comment peux-tu en douter ? »

Je la connaissais trop bien pour ne pas avoir la certitude qu'elle était sincère. Et je me suis effondrée sur la chaise de noyer face à moi, à la fois soulagée et sonnée.

« Non, mais enfin Diane, ressaisis-toi ! Cette question est totalement absurde ! Pourquoi le tuer ? Il était parfait. C'était un adversaire mou qui arrivait à capter une grande partie de l'opposition sans avoir la carrure pour nous dépasser. Non, sa mort m'emmerde vraiment, Diane ! C'est pour ça que je t'ai fait venir. Nous sommes emmerdés. La France vit une heure très sombre. »

J'ai levé mes yeux vers elle. Elle avait certainement raison. J'étais totalement à côté de la plaque, obsédée par ma relation bête et abrutissante avec Fernand.

« Les présidentielles vont être repoussées. D'un ou deux ans, selon l'enquête en cours. Et je ne pense pas pouvoir tenir. »

Je ne voyais pas où elle voulait en venir. Ses petits yeux fins, en amande, se sont mis à briller et elle s'est pris la tête dans les mains, épuisée, à bout de force. Sa langue est venue humecter ses lèvres ; d'autant que je m'en souvienne, je ne me rappelais pas l'avoir déjà vue prendre autant de pincettes pour m'annoncer quelque chose :

« Je suis malade, Diane. J'ai un cancer, vois-tu ? Il faudra penser à me remplacer. Je ne serai peut-être plus là dans deux ans. »

Je me suis immédiatement redressée dans mon fauteuil et j'ai saisi sa main, fine, délicate, dans la mienne. Ça ne pouvait pas être possible, elle ne pouvait pas m'abandonner, pas au moment où j'avais le plus besoin d'elle. Ma mère spirituelle. Ma petite maman d'adoption.

Mon rocher. Mon phare. Mon repère. Elle était immortelle.

« Personne ne peut te remplacer ! » ai-je conclu comme une enfant, la voix tremblotante, en serrant les dents et sa main un peu plus fort.

Elle m'a caressé la joue, comme pour me rassurer. C'était elle qui souffrait et j'accaparais son attention. Quelle énergie remarquable elle avait pour toujours faire passer les autres avant elle. Elle ordonna qu'on lui apporte deux cafés allongés. Elle le faisait quelquefois, d'autorité, quand elle savait qu'une longue conversation allait s'amorcer entre nous.

Elle a repris une longue inspiration, a passé une mèche bouclée derrière son oreille avant de répliquer ces deux petits mots qui ont longtemps résonné dans ma tête tant ils ont eu un impact considérable sur ma destinée.

« Si. Toi. »

## MATRIOR MARCEL

### CHAPITRE 30

Elle avait raison; c'était si facile. Nous étions derrière son comptoir blanc, cachés derrière des présentoirs d'immenses boîtes d'antidépresseurs, il était 6 heures du matin, et personne ne se serait risqué au moindre contrôle à cette heure-ci. « Les flics sont obsédés par la mise en place d'un plan antiterroriste et des élections à reporter, crois-moi, ils se foutent royalement du trafic de C. » m'a-dit Mélanie comme pour me rassurer et se rassurer elle-même. Le « C », c'était le nom raccourci pour castration chimique, les fameux inhibiteurs de libido. Elle prenait de gros risques en me fournissant les comprimés, elle en était consciente. Mais elle voyait en moi un revenu garanti, j'avais obtenu un poste à hautes responsabilités par le passé, quand nous vivions encore ensemble, elle n'avait aucun doute sur mon avenir professionnel: en homme libre, je pourrais jouer de mes compétences pour obtenir un bon salaire. Et lui verser la rente nécessaire pour venir me fournir en cachets, tous les mois.

Son dealer l'avait livrée tard dans la nuit. C'était le même depuis six ans, mais elle m'avait assuré avoir tout de même vérifié la marchandise en effectuant des prélèvements sur un comprimé dans son laboratoire, situé près de son bureau : il contenait un taux tout à fait convenable d'anti-androgènes.

« Je te préviens, il peut y avoir des effets secondaires ! La fatigue, bien évidemment, c'est normal, ça va te donner un gros coup de pompe un jour ou deux. Mais si tu as des gonflements de mamelons ou de l'ostéoporose, là il faut que tu me dises, et on réajustera les doses. »

J'ai pris la pochette en plastique transparente et j'ai regardé minutieusement les cachets glisser les uns sur les autres, un bruit qui sonnait comme la promesse d'une autre vie. J'ai hésité à lui dire « merci », après tout, c'était à cause d'elle que j'avais perdu de longues années de ma vie, que j'avais renoncé à avoir des enfants, que j'étais devenu matrior par dépit, par seule échappatoire. Elle était à la fois le poison et l'antidote. Ou tout du moins, pour l'antidote, je l'espérais. J'ai glissé le paquet illicite dans la poche intérieure de ma veste et je lui ai envoyé un « au revoir » sec et rapide. Après de longues réflexions, j'en étais presque sûr : je voulais une autre vie, une dans laquelle Diane pourrait m'aimer pour ce que je suis, d'égal à égal. Et pour cela, j'avais besoin de renoncer à mes pulsions sexuelles. Elle ne pourrait jamais tomber amoureuse d'un homme qui collectionne les culottes en dentelle.

Je suis sorti de la petite pharmacie coincée entre deux beaux immeubles haussmanniens, située près de la place d'Italie, la même pharmacie dans laquelle j'étais tombé amoureux de Mélanie, la première fois, alors que j'étais encore étudiant. Des souvenirs lointains m'ont alors submergé. Mélanie, la jolie petite pharmacienne en blouse blanche aux joues rouges, me tendait alors gênée la boîte de préservatifs que j'étais venus chercher, en fin de journée, un mois d'été, sûrement dans la prévision d'une partie de jambe en l'air avec une de mes camarades trouvées sur les bancs de la fac.

Je n'avais pu m'empêcher de contempler longuement ses talons verts à la semelle compensée, parsemés de jolies petites fleurs en argent fantaisie sur le dessus en simili-cuir. Elle portait une frange qui s'agitait de façon désordonnée au-dessus de ses sourcils blonds et broussailleux quand elle scannait les produits, et soudain, elle a évacué de mon esprit la jeune fille qui m'avait certainement fait la promesse d'une nuit torride. Je ne pensais plus qu'à la jolie pharmacienne que j'avais en face de moi, qu'à son corps que j'avais envie de découvrir du bout de mes doigts, dans la moindre parcelle de son intimité, qu'à ses pieds que j'avais envie de baiser, qu'à ses cheveux que je voulais sentir dans mon cou, alors je lui ai dit: « Je ne connais pas cette marque de capote. Pourriez-vous les essayer avec moi, pour être sûr qu'ils résistent bien à tous les chocs ? »

C'était nul, et bien lourd. Mais ça l'a fait rire. Déjà là, j'aurais dû me méfier. On ne chope pas l'amour de sa vie avec une séduction de bas étage. Je ne me rappelle plus bien à quelle sauce j'ai terminé mon numéro, mais ça a marché sur Mélanie qui était déjà bien atteinte du ciboulot, à l'époque. À la fin de son service, elle est venue me rejoindre dans ma petite chambre étudiante et nous avons couché ensemble, comme il est si simple de le faire quand on a les hormones qui s'éveillent et le corps qui implore la découverte.

Je me souviens l'avoir fait basculer doucement sur mon lit une place en me demandant si nos poids cumulés n'allaient pas le faire céder. Mais c'était une peur inutile : nous étions tous les deux bien maigrichons, nos ventres durs et plats étaient tendus par la vie, nos cuisses, à peine plus épaisses que nos bras, avaient l'élancement de la jeunesse. Je me souviens encore que je complexais à cette époque de mes genoux que je trouvais caillouteux et gênants. Si j'avais su que trente ans plus tard ils auraient disparu, effacés par les lentes dégradations du corps qui s'épaissit et s'affaisse.

Mais qu'est-ce que Mélanie était belle quand elle respirait la jeunesse ! Et quelle émotion, vive, j'ai ressentie quand elle m'a laissé retirer les boutons de son chemisier. J'ai commencé par ceux du bas, parce que ça m'intimidait trop, ceux qui étaient tirés par sa poitrine, vers le haut. Et puis, j'étais malhabile avec les soutiens-gorge et j'avais peur de paraître niais, de la faire rire de mon inexpérience.

Les femmes ne savent pas à quel point elles sont toutes maîtresses au moment de nous faire bander. Une simple remarque désobligeante et nous voilà impuissants ! Mais tout s'était bien passé avec elle, chacun de ses regards m'enrobait de désir et flattait ma virilité. Une fois sa poitrine dénudée, nous nous sommes attaqués à sa courte jupe blanche plissée qu'elle a laissé glisser sur ses talons. Je lui ai demandé de conserver ses chaussures, elle a ri un peu bêtement, un peu gauchement, en me disant que ça allait salir les draps.

Elle ignorait tout de ma passion pour les chaussures, et ces draps, nous les avions salis de toute façon. Non seulement par le peu de terre qu'il y avait sous sa semelle, mais également par nos fluides mélangés, par de nombreuses traces blanches dont je n'ai jamais su, avec précision, s'il s'agissait de sperme, de mouille ou de bave, quand il a été question de les laver après coup.

Car oui, j'avais réussi à rentrer mon pénis dans sa cavité moite et étroite. Elle m'avait dit que ce n'était pas la première fois, mais je crois qu'elle avait exagéré son expérience, s'inventant des amants beaux et célèbres qu'elle n'avait jamais connus. Elle n'avait pas bougé d'un pouce quand je l'avais pénétrée, elle avait presque retenu son souffle, intriguée, attentive à chacune de ses sensations. Seules les vierges sont si silencieuses au lit, les femmes d'aventure savent déjà tous les plaisirs que leur sexe peut leur offrir et se tortillent pour s'aligner sur les endroits qui leur prodigueront le plus de sensations.

Je me suis rappelé cette pensée, que j'avais détesté avoir, celle de me persuader que Mélanie était forcément une fille bien puisqu'elle n'avait pas eu de nombreuses conquêtes. Et qu'il fallait que je l'épouse rapidement pour qu'elle ne se répande pas dans les bras d'autres hommes. Qu'est-ce que je pouvais être con, à cette époque.

Je suis remonté dans la berline, et j'ai mis de la musique classique pour me débarrasser de mes élans nostalgiques. Du Beethoven. Voilà où tout cela m'avait amené, cette folie de la chaussure verte ; à m'engager avec une femme au cœur de pierre qui m'a fait l'effet d'un piège à loup et de laquelle j'avais réussi à m'échapper en troquant ma liberté. Et dire que maman avait tout vu venir, depuis le début...

Être un homme est si difficile en Matriarchie. Je suis retourné à la caserne, déterminé. Il m'a semblé que les statues devant le porche me scrutaient comme si elles savaient que j'allais les quitter, j'aurai presque pu voir le regard réprobateur me juger, comme une femme qui sait que l'on revient de chez son amante et qui s'enferme, bornée, dans son mutisme, en anticipant les dégâts collatéraux. Je suis passé par la cantine, déserte à cette heure-ci, j'ai emprunté un verre à eau au self, j'ai filé dans les toilettes en veillant à ce que personne ne me suive.

Je suis retourné à mon studio et j'ai pris un comprimé et une grande gorgée d'eau. Puis, extenué, j'ai posé ma tête sur l'oreiller.

Diane, me voici. Mais cette fois, je reviens en homme libre.

## ATHÉNA SOLLIPE

CHAPITRE 31

*Vous avez envie d'amour, maintenant ?*
*On vous comprend.*
*C'est difficile ?*
*Parfois, ça l'est.*
*Si vous y pensez, souvent...*
*Si cela vous rend triste, du matin jusqu'au soir....*
*Si vous vous sentez déprimé, tendu, à bout...*
*Alors, nous avons la solution.*
*Rejoignez nos actions « anti-matriarchie ! Vous avez le droit d'être aimé comme vous méritez d'être aimé. Participez à la destruction du système matriarcal, froid et libéral, et remettez de la sincérité et de l'humain dans vos relations.*

J'ai signé de façon anonyme et j'ai relu mon texte, une seconde fois. Aucun doute. Tout le monde avait la référence ; j'avais détourné les premiers slogans de Matriarchie, ceux qui étaient sortis quand ils avaient encore besoin de recruter du matrior. Tous ceux qui avaient déjà vu leurs panneaux qui s'exposaient en 4 par 3 en haut des grands immeubles parisiens, à l'époque, seraient amusés par mon trait d'humour. Ces affiches avaient été tellement grossières que tous les médias s'en étaient allègrement moqués. Elles étaient devenues nationalement célèbres.

À l'époque, il y a de ça dix ans, Marcel m'avait avoué que sur lui, ça avait marché, ces panneaux avaient été à l'origine de notre rencontre.

Je m'en rappelle encore. J'avais tout de suite été attirée par ce grand homme à l'allure conquérante, à la chevelure d'argent. Il était habillé comme tous les autres matriors, d'un costume noir et sobre, et pourtant j'ai su à sa façon de commander un martini à Sam, au bar, qu'il avait été un grand homme. Il avait l'élégance, la carrure et l'aplomb de ceux qui ont réussi de belles choses dans leur vie.

Alors je me suis assise à ses côtés et nous avons eu une des conversations les plus intéressantes de ma vie. Il venait tout juste de débarquer en tant que matrior et me parlait de sa joie, enfin, de voir le sexe comme un formidable terrain de jeu, comme une cour de récré. Il me parlait de mon propre métier avec de jolis mots, il me voyait comme une artiste dont l'art était de se faire aimer, il voyait le lieu dans lequel il était entré comme un des plus beaux sanctuaires de l'humanité. Il avait le sourire de celui qui, sûr de son choix, sait qu'il est au bon endroit, avec la bonne personne. Notre rencontre sonnait comme une évidence.

Je l'avais pris par la main et je l'avais emmené dans la 203. Toutes les créatures qu'il croisait sur son passage l'émerveillaient – il avait un regard tendre pour les femmes comme pour les hommes, un compliment pour chacune des tenues, pour les parfums enivrants, pour les couleurs et les lumières. Sa seule crainte, quand nous sommes rentrés dans la chambre, a été de devoir se déshabiller dans cette lumière si claire. Il m'a avoué ses doutes sur la désirabilité de son corps qu'il trouvait trop gros, trop encombrant, alors, d'un geste ferme, j'ai fermé les immenses rideaux pendant qu'il retirait ses vêtements – et j'ai allumé deux projecteurs bleus. Il m'a dit qu'il se trouvait beau, comme ça, tout nu, habillé par une lumière douce, en s'observant dans le miroir qui le reflétait au-dessus du lit.

Je me suis alors dénudée, face à lui, dans des gestes lascifs, comme j'avais l'habitude de le faire. Ses yeux, vifs, ont trouvé en un éclair la marque de ma lingerie dénichée *Chez Estelle* et il m'a complimentée pour ce choix de grande qualité.

J'ai fait tomber l'ensemble et suis allée me blottir, nue, dans ses bras puissants. La rencontre de nos deux peaux fut électrique, il m'a renversée sur le côté du lit et m'a massé, tendrement, le ventre. Je sentais contre ma cuisse son érection pressante et je n'ai pu m'empêcher d'étouffer un désir imminent, celui de caresser son sexe, de deviner la taille de son membre à la mesure de mes doigts. Je me souviens encore de ses mots : « Pas trop fort, tu sais. Je peux partir très vite, ça fait longtemps que je n'ai… » Il n'a pas terminé sa phrase, encore gêné d'utiliser les vrais mots du sexe, une pudeur que partagent beaucoup d'hommes mariés censurés dans un couple où la sensualité n'a pas sa place, ni même de vocable. Mais il n'avait pas besoin de plus de mots, j'avais compris.

Attentive à ses directives, j'ai alors retiré ma main de son entrejambe, et je l'ai laissé découvrir mon corps, explorer la forme de mes seins, agacer mes tétons, pétrir ma gorge tendue, encercler ma bouche entrouverte et y enfoncer un majeur, juste la première phalange, en y faisant un crochet.

Comme un poisson accroché à son appât qui attend, entre la vie et la mort.

De son autre main, c'est tout le bas de mon corps qu'il est allé éveiller, il a dessiné d'improbables chemins depuis mon nombril jusqu'en haut de mon pubis, puis est descendu sur le haut de mes cuisses, en pétrissant sauvagement la chair, plus consistante. Et enfin, il s'est attaqué à ma fente. Il a massé mes grandes lèvres avec une dextérité qui m'a surprise pour quelqu'un qui sortait tout juste de longues années de mariage sans infidélité. Comment avait-il pu développer tant de talent en si peu d'expérience ? Peut-être avait-il un don inné pour toucher les chattes. Il a ensuite écarté mes chairs très doucement pour mettre à nu mon clitoris, qui implorait que l'on s'occupe de lui.

Et très lentement, il a appuyé sur quelques endroits très précis, près du capuchon et des grandes lèvres, qui ont mis tout mon corps en feu. Chaque geste, chaque mouvement, chaque effleurement déclenchaient en moi des torrents et des tempêtes. Mon esprit s'est envolé ailleurs, vers des clairières où tout est plus beau, où les couleurs s'emmêlent et s'enlacent, où l'air est plus frais et le sol plus chaud. Je flottais et pourtant j'étais bien là, je ne m'étais jamais sentie aussi présente, transcendée par une euphorie sans cesse plus importante, qui m'élevait et me tendait à la fois. Tous mes muscles ont cherché à répondre à ses caresses ; mes cuisses se durcissaient, la plante de mes pieds s'est ouverte et ma colonne s'est cambrée.

Et enfin, il a fait vibrer la partie la plus sensible de mon clitoris, signant la fin d'un des calvaires les plus doux que la Terre nous ait imposé. Mon corps, envahi par des spasmes incontrôlables, tordu par le plaisir et l'effort, s'est recroquevillé de lui-même, en position fœtale. Marcel a arrêté tout geste brusque et est venu m'envelopper dans ses bras, en cuillère. Sa chaleur a éteint progressivement les frissons, qui, encore un peu, agitaient par moment quelques-uns de mes muscles. Puis, nous nous sommes assoupis comme ça, durant de longues heures.

J'avais déjà aimé auparavant. Mais je me souviens encore, très clairement, m'être dit que cet état-là, dans lequel il m'avait portée, ce sentiment, si puissant, que j'avais ressenti alors, j'avais envie de le ressentir pour le restant de mes jours. Et si possible avec lui.

J'étais tombée amoureuse bêtement de Marcel, car il m'avait apporté, avec toute sa spontanéité et sa fraîcheur, un goût de la vie rare et addictif. Mais Matriarchie n'était pas conçue pour que ce genre d'émotions circule librement, sans pouvoir en tirer avantage. Ils avaient tout normalisé : ils m'avaient transformée en poupée et ils l'avaient transformé en client. Notre relation n'existait que dans ce cadre et avait tué toute folie et toute créativité. Ce monde avait tué notre amour.

Et à mon tour, je sentais le besoin irrépressible de tout détruire, à la racine. Ne dit-on pas des terres brûlées qu'elles donnent un meilleur blé ? Il fallait tout raser, pour que nous redevenions, tous et toutes, plus humains. Et quelle meilleure idée que le terrorisme ? C'était, en fait, une formidable porte de sortie. Claire, limpide, universelle.

Le chaos absolu. L'anarchie, le dérangement, la peur.

Quelle force il y avait eu dans l'image médiatique de la carcasse de Fernand, la tête flottant dans une mare de sang et les membres pliés sur eux-mêmes ! Quelle sublime beauté morbide j'avais réussi à créer, tout de même ! C'est après coup que je me suis émue de l'esthétisme génial de ce rouge hémoglobine qui scintillait dans les paillettes de verre du lustre. Sur le moment, c'est l'adrénaline vertigineuse de transformer de façon irréversible le monde qui m'a submergée. Et puis aussi l'inconfort de la prise de risque, le regret, les débats moraux, l'excitation, l'impression de sombrer dans une douce folie. Et enfin, quand tout ce brouhaha envahissant s'est tu dans mon cerveau, je me suis petit à petit laissé émerveiller par cette vue en contre-plongée, extraordinaire. Et à nouveau, comme lors de ma première nuit avec Marcel, j'ai ressenti avec précision le goût addictif d'être en vie.

Ils ne savaient pas encore à quoi était dû l'accident, les cons. J'étais maligne. J'avais trouvé des excuses. J'avais expliqué, froidement, pragmatiquement, le décrochement du lustre.

Mais je ne comptais pas en rester là.

Matriarchie avait fait baisser la violence ? Celle des hommes, peut-être. Qu'ils goûtent à la mienne.

FERNAND FUEGO

CHAPITRE 32

2062 - 2100

Dépôt légal : décembre 2021 N° imprimeur : 122170955

*Imprimé en France par Présence Graphique - Monts.*